KB259883

어린 상록수

어린 상록수 ⓒ 오영수 2001

초판 1쇄 발행일 | 2001년 6월 15일
초판 2쇄 발행일 | 2005년 5월 19일

지은이 | 오영수
펴낸이 | 이정원
기 획 | (사) 전국귀농운동본부(서울시 성동구 금호동 4가 990-2 세보빌딩 2층 전화 2281-4611)

출판진행 | 박성규
편집진행 | 경현주
표지·본문디자인 | 배기열

편집 | 최상호 김상수 조성모
마케팅부장 | 류중식
마케팅 | 구본건 이원영
총무국장 | 조철희
총무 | 신경희
제작관리 | 서보선

펴낸곳 | 도서출판 들녘 | 등록일자·1987년 12월 12일 | 등록번호·10-156
주소 | 서울시 마포구 서교동 394-14 명성빌딩 2층
전화 | 영업 (02)323-7849 · 편집 (02)323-7366
팩시밀리 | (02)338-9640

값은 뒤표지에 있습니다. 잘못된 책은 구입하신 곳에서 바꿔드립니다.
ISBN 89-7527-167-6(03810)

들녘 홈페이지 · www.ddd21.co.kr

어린 상록수

들녘

땅을 보듬고 살다간 한 젊은 농부에 대한 회상

당신에게!

변산반도에 다녀오신 적이 있는지요. 그곳에서 가없는 바다 너머로 붉게 떨어지는 해넘이를 하염없이 바라보신 적이 있는지요.

변산반도는 서해안 중에서도 그 풍광이 매우 빼어난 곳이지요. 그곳은 아름다운 경관뿐 아니라 그처럼 아름다운 세상을 꿈꾸며 땅을 보듬고 사는 이들이 있는 곳이기도 합니다. 그런 사람들 중에서 변산의 낙조처럼 가슴에 남아 문득 떠오르는 사람이 있습니다.

오늘 저는 귀농의 선구자였던 한 젊은 농부의 생애에 대한 이야기를 하고자 합니다. 그는 이미 우리 곁에 없는 사람입니다. 그는 이 땅에 와서 머문 동안 스스로 농민이 되어 살기를 간절히 소망하였고, 비록 오랜 세월은 아니었지만 그 소망대로 농민으로 살다가 젊은 나이에 우리보다 앞서 돌아간 사람입니다.

귀농 선구자란 다소 생소한 말을 그에게 먼저 붙이는 것은 당시만 하더라도 귀농이란 말에 대한 개념이 사실상 없었던 때였기 때문입니다. 아시다시피 농업은 직업으로 선택하는 산업이기보다는 어쩔 수 없이 대물림되는 것이었고, 성공과 출세의 전제는 우선 농민의 신분을 벗어나는 것, 곧 농사를 짓지 않는 것이고 농촌을 벗어나는 것이었습니다. 그래서 꿈과 야망을 가진 이들뿐 아니라 거의 대부분의 젊은이들이 썰물처럼 농촌을 빠져나갔고, 그 결과가 텅 비어 있는 지금 우리 농촌의 일반적인 모습입니다.

이러한 상황에서 이농의 거대한 물결을 거슬러 이른바 대학까지 나왔다는 멀쩡한 도시의 젊은이가 농민으로 사는 일을 필생의 천직으로, 삶의 의미와 보람으로 삼기 위해 농촌으로 들어왔다는 것 그 자체가 당시로서는 하나의 사건일 수밖에 없었기 때문입니다.

그는 생전에 '오건'이라는 이름으로 불렸던 사람입니다.

소설가인 그의 부친이 농부가 되고자 하는 아들의 집념 어린 노력에 감복하여 그 모습을 그린 「어린 상록수」라는 단편소설을 통해서 세상에 그의 성품과 삶의 일면이 알려지긴 했어도, 그와 가까운 몇몇 벗들과 농민운동을 함께 했던 동지들을 제외하면 그는 별로 알려진 사람이라고는 할 수 없습니다. 그는 말 그대로 흙에 묻혀 흙을 보듬고 사는 삶 그 자체를 위해 젊은 생애를 송두리째 바친 사람이었지, 자기를 드러내고자 한 사람이 아니었던 까닭입니다.

그가 마흔세 살이라는 한참의 나이에 우리 곁을 떠난 지도 어느새 십여 년이 훌쩍 지났고, 그 사이에 우리들 대부분 그에 대해 잊고 있었던 게 사실입니다. 그런데 지금 새삼스레 그를 다시 기억하고 그의 이름을 불러보는 것은 무엇 때문일까요. 이 세상에서 농민으로 살다간 사람들이 얼마나 많으며 그 중에서 안타깝게도 젊은 나이에 돌아간 사람 또한 어디 한 둘이겠습니까마는, 우리가 지금 그 사람의 이야기를 다시 떠올리는 것은 농민이 되고자 한 그의 열정, 그 일념의 노력과 그 삶의 진실성 때문입니다. 그리고 무엇보다도 이러한 그의 삶이 뒤늦게 지금 농민이 되고자 준비하는 우리들에게 하나의 사표師表일 수 있기 때문입니다.

이 시대의 불행은 한마디로 우리 모두 뿌리 뽑혀 있다는 데서 비롯된다고 생각합니다. 뿌리 뽑힌 채로는 결코 건강할 수도, 행복할 수도 없을 뿐 아니라 지속적인 생존 자체가 불가능함은 자명한 사실입니다. 그럼에도 우리가 달려온 지난 한 길은 생명의 근원이자 모태인 땅으로부터, 자연으로부터 우리 자신의 뿌리를 철저히 분리시키고 차단하는 것이었습니다. 그 결과 우리는 이른바 현대산업문명이 가져온 물질적 풍요와 편리를 누리는 대신에, 살아 있다는 생명의 충일감과 인간의 존엄성에 대한 가치를 상실한 채 대부분 병들고 시들어가고 있습니다.

우리가 농촌으로, 자연과 조화되는 삶으로 돌아가자는 이유가 여기에 있습니다. 생명의 근원자리로 다시 돌아가 제대로 뿌리를 내리는 길만이 인간성을 회복하고 자립적인 삶을 가능케 할 수 있다는 때늦은 자각이 그것입니다. 귀농을 이 시대의 새로운 화두로 삼는 이유가 바로 이 때문입니다. 그런데 이러한 자각 아래 귀농을 새로운 삶의 전환으로 삼고 준비하는 사람들에게 당면한 과제는 과연 어떻게 돌아갈 것인가, 돌아가서 어떻게 살 것인가 하는 문제입니다. 바로 이 점에서 오건이 생전에 보여준 삶과 그 행적은 하나의 귀감이 될 수 있다고 생각합니다.

오건이 농부로 살겠다는 일념으로 농과대학에 들어간 때가 67년이고, 그때부터 그의 평생의 동지였던 이준희와 결혼하여 변산반도의 척박한 황토밭으로 귀농한 때가 74년, 그의 나이 스물일곱 살 때였으니 90년에 눈을 감을 때까지 그가 농부로서 삶을 산 기간은 불과 십오륙 년 남짓할 정도로 짧은 기간이었습니다.

그렇지만 그에게 주어진 생애의 전부는 농부가 되기 위한 준비 과정이었으며 농부로서 산 과정이었습니다. 그런 점에서 귀농의 선배로서 보여준 그의 삶은 귀농을 이 시대의 새로운 삶의 대안으로 준비하는 우리에게, 농민이 되고자 하는 삶의 자세가 어떤 것인지, 농민으로서 사는 삶이란 어떤 것인지를 뚜렷하게 보여주는 데 모자람이 없습니다. 이것이 지금 그의 이야기를 다시 떠올리고 이렇게 조그만 책자로 엮어내는 이유이기도 합니다.

그러나 우리가 이 시대에 새삼 오건이라는 한 인물을 회상하는 것은 귀농을 준비하는 사람들만을 위해서는 아닙니다. 「어린 상록수」에서도 묘사되었듯이, 귀농자 오건 이전에 인간 오건이 갖는 품성과 삶에 대한 열정과 의지와 헌신이 지금 우리에게 더욱 절실함으로 다가오고 있기 때문입니다. 뿐만 아니라 우리는 오건이라는 한 인물을 통해 당시의 암울한 시대상황 속에서 뜨거운 가슴을 지닌 한 젊은 지성이 농민으로서 어떻게 자신의 삶과 삶터를 일구어왔는가를 살펴봄으로써 이 땅과 역사에 대한 인식과 사랑을 넓혀갈 수 있으리라 믿기 때문입니다.

그리고 또한 도시화, 산업화, 세계화라는 거센 물결에 휩쓸려 이제는 거의 사라져버린 농심과 농민의식을, 뜨거운 가슴으로 땅을 보듬고 살았던 그의 견실한 삶을 통해 다시 찾아볼 수 있으리라는 기대 때문이기도 합니다.

이 글을 쓰면서 어쩔 수 없이 같은 시대를 살아온 한 사람으로서 오건에 대한 개인적 회상과 더불어 당시의 농촌 상황에 대해 이해를 돕고자 몇 마디 덧붙이는 것에 양해를 구합니다.

어느 시대이건 농촌 농업의 문제는 심각했지만, 오건이 귀농했던 70년대의 상황이란 지금과는 또 다른 의미에서 참으로 암담하고 절망적인 때였습니다. 경제성장을 지상목표로 삼던 이른바 조국 근대화란 농촌 농업의 희생을 기본적인 전제로 시작된 것이었습니다. 농촌의 붕괴와 농업의 해체를 구조화하는 상황 속에서 농민운동, 곧 농민의 의식화를 위한 현장 투신도 아닌 스스로 농민이 되어 사는 삶의 진실성을 위해 농촌 현장으로 들어간다는 것은 참으로 흔치 않은 결단이었음에 주목할 필요가 있습니다. 그런 점에서 보면, 「어린 상록수」에서 묘사된 그의 심성과 행동에서 보여지듯 그는 천상 농부가 되기 위해 태어난 사람이라고도 할 수 있겠습니다.

제가 오건을 처음 만난 것은 70년대 말엽이었다고 기억됩니다. 저는 가톨릭농민회라는 이른바 농민운동권의 실무자로 일하던 때였고, 그는 변신으로 귀농하여 농부로서 자신의 삶을 어느 정도 정착하고 있는 때였습니다. 오건이 자신의 삶을 꾸리기 위해 부안으로 귀농한 비슷한 시기에 저도 농민운동에 참여했습니다. 우리가 '농민문제'를 공동의 관심사로 삼고 있다는 점에서, 그리고 그가 부안 지역 농민운동의 중요한 역할을 맡아야 할 사람이라는 점에서 저는 그에 대해 관심을 갖지 않을 수 없었습니다.

기억이 흐릿하지만 두어 차례 그의 집을 찾아간 적이 있었고, 부안농협 조합장 퇴진 운동에 전후하여 그를 좀더 가까이 만날 수 있었던 것 같습니다. 그후 그가 한때 지역에 있는 농민교육기관의 간사로 있을 때 농민운동의 실무자로서 서로 만남과 소식을 나누었던 기억이 있습니다.

그는 무척 말수가 적은 사람이었습니다. 말이 갖는 허황됨 때문인지 말보다는 몸을 통해, 삶을 통해 이야기하는 사람이었습니다. 그는 깊게 생각하는 대신에 그 생각한 바를 한길로 밀어가는 뚝심을 지닌 사람이었습니다.

애초에 그가 농민운동을 하기 위한 목적으로 농촌 현장에 내려간 것이 아님에도 결국 그는 농민운동 지도자로 활동하지 않을 수 없었습니다. 그것은 당연한 귀결일 수밖에 없었습니다.

처음엔 그도 그 자신이 우선 농부로서 땅에 뿌리 내려야 하는 일의 절박성 때문에 농민문제의 구조적 인식과 그 해결을 위한 활동에 나설 겨를이 없었을 것이라 생각합니다. 그러나 그후 자신이 주도적으로 참여한 부안 조합장 사건의 예에서도 보듯이, 당시엔 농민을 위한 협동적 조직이라는 농협마저 농민 위에 군림하여 비료·농약 등 영농자재 강매, 강제출자, 조합비 강제징수 등 조합의 횡포 및 부조리는 참으로 심각한 지경이었습니다.

이처럼 농협이 비민주적이고 반농민적인 기관으로 전락한

것은 농민의 대표여야 할 농협 조합장조차 조합원인 농민이 선출할 수 없는 구조적 요인이 가장 큰 문제였습니다. 농민의 자주적 협동조직이어야 할 농협까지 정권의 관변기구로 전락시키고 농촌 농업 해체를 구조화하는 관료독재 체제에서 농민이 당하는 억압적 상황은 품종선택권에서부터 재배과정, 수매에 이르기까지 강제될 정도로 전면적이었습니다.

당시 행정기관은 일선 공무원들로 하여금 신품종 강요를 위해 담가놓은 볍씨를 뒤집어엎고 일반 벼 못자리를 짓밟게 하는 등 강제농정을 자행하였고 그것을 정당화하고 있었습니다. 따라서 농민의 사율적 의사를 완전히 무시하는 이리힌 폭압적 강제행정에 맞선 농민의 저항은 농민의 정치 사회적 권익 실현 이전에 농민도 인간이란 최소한의 부르짖음이라 할 수 있는 것이었습니다. 그러므로 당시의 농민운동이란 농사의 주인은 농민이다, 농민이 자기 의사에 따라 품종을 선택할 권리조차 없다면 그것은 또 다른 형태의 농노에 불과한 것이라는 자각과 농민도 사람이다, 사람답게 살 권리가 있다는 선언이었습니다.

자신의 주체적 삶에 대한 책임성과 농촌 농업에 대한 애착이 남달랐던 오건이 이러한 대열에 참여하고 그 중심적 역할을 수행한 것은 그런 점에서 지극히 당연한 귀결이었음을 알 수 있습니다.

　농부 오건의 길지 않은 생애에서 우리가 주목해야 할 또 하나의 행적은 그의 마지막 농사의 선택이 유기농업이었다는 점입니다. 지금도 그렇지만 그 당시에 농사를 일반 관행농업에서 유기농업으로 바꾼다는 것은 더욱 예사로운 결단이 아니라고 할 수 있습니다. 유기농업을 하는 사람은 물론 유기농에 대한 인식조차 제대로 없었을 뿐 아니라, 유기농이란 단순히 농법의 변화가 아니라 삶의 대한 전환이라고 할 수 있는 것이기 때문입니다.

　더욱이 오건이 지역농민운동의 지도자로 그 역할에 대한 책임성이 요구되고 있는 상황에서 이처럼 유기농으로 농사의 내용을 바꾸었다는 것은 상당한 용기와 결단이 필요했음을 알 수 있습니다. 그가 유기농으로 전환하게 된 데에는 유기농 운동의 젊은 선구자라고 할 수 있던 정경식과의 인연이 있었지만, 이러한 바탕에는 기본적으로 생명에 대한 그의 남다른 감수성과 땅에 대한 열정과 애정이 있었기 때문임을 알 수 있습니다. 그가 추구한 귀농이란 땅과 하나되고 작물과 하나되고 자연과 하나되는 것이기 때문입니다.

오건의 이러한 유기농으로의 전환은 그에게 있어서뿐 아니라 그후 부안 지역에 유기농 운동, 생명공동체 운동 등 새로운 운동을 뿌리 내리게 하는 직접적인 계기가 되었음에 주목할 필요가 있습니다.

우리 시대의 유기농 운동을 대표하는 지도자의 한 사람이 된 정경식이 이 지역에서 유기농을 맨 처음 시작하면서 뿌리 내릴 수 있었던 것도 오건 부부의 지지와 도움이 있었기 때문이었음을, 그가 쓴 『21세기의 희망은 農에 있다』에서 회고하고 있습니다. 오건의 뜻과 노력이 한울공농체, 정농회 지부와 부안농민회 유기농분과 결성의 토대가 된 것입니다. 지금 변산반도를 중심으로 한 이 지역이 우리나라 생태적 공동체 운동의 중요한 거점의 하나로 자리잡고 있는 것에는 이처럼 한 젊은이의 귀농을 통한 땅과 생명에 대한 열정과 헌신이 밑거름되었기 때문입니다.

지금까지 제가 말씀드린 한 사람의 농부의 삶, 그의 생애란 어찌 보면 세상에 무슨 이렇다 하고 내세울 것이 없는 평범한 것이었다고 할 수도 있습니다. 그는 다만 살아 있는 것들을 사랑하였고, 그래서 타고난 그 성품을 좇아 생명을 가꾸며 자신의 손으로 생계를 마련하는 자립적인 삶이 좋아 농부로 살기를 원했고, 그렇게 살다간 한 사람이었을 뿐이기 때문입니다. 그러나 이처럼 대수로울 게 없어 보이는 그의 삶이 지금 새로운 의미로 돌이켜지는 것은 그만큼 우리네 삶의 자리가 각박해지고 갈수록 암담해지기 때문일지도 모릅니다. 지금 우리의 뿌리 뽑힌 삶의 위기가 그만큼 절박하기 때문일 것입니다. 땅을 보듬고 살기 위해 농촌으로 투신했던 '어린 상록수'의 열정과 헌신이 그 어느 때보다 더욱 절실히 요구되고 있는 까닭입니다.

이제 그에 대한 이야기를 마무리하면서 대학 시절부터 그와 뜻을 함께 했으며, 함께 귀농해서 부부이자 동지로 삶의 기쁨과 고난을 함께 했던 부인 이준희 씨, 그리고 지역운동을 함께 일구어간 박배진, 이백연, 정경식 등 그의 동지들을 기억합니다. 오건의 삶이란 이들과 함께 한 것이기도 하니까요.
언젠가 당신이 변산반도에 다시 가게 되면, 거기서 선홍빛으로 온 바다를 물들이며 스러지는 낙조를 보게 되면 이 땅에 왔다가 먼저 간 한 젊은 농민을 기억해주시길 바랍니다. 농촌, 농업에 대한 그의 열정과 헌신을. 그리고 오건이 먼저 간

다음 지금도 그가 묻힌 땅을 지키며 생명을 살리고 세상을 살리는 일에 앞장서고 있는 변산 지역의 사람들을 함께 생각해주시길 바랍니다. 그들이 있어 아직 우리에게 희망이 있다는 것도…….

이병철(전국귀농운동본부 본부장)

차 례

오영수의
어린 상록수

* 일러두기
「어린 상록수」는 1975년 〈현대문학〉 8월호에 발표된 작품입니다.
여기에 실린 작품은 이를 원본으로, 『오영수 소설집』(1976, 창작과 비평사)을 참고로 했습니다. 맞춤법과 띄어쓰기는 현행맞춤법에, 외래어 표기는 〈문교부 편수자료(1987. 11)〉에 따랐으며, 작가의 독특한 표현 및 방언표기라고 여겨지는 부분은 원문을 그대로 살렸습니다.

어린 상록수

— 흔히 그 애비를 보면 그 자식을 알 수 있고, 자식을 보면 그 애비를 짐작할 수 있다 — 는 속담(俗談)은 별로 신빙성이 가지 않는 것 같다.

자식놈을 여럿 기르다 보면 그 애비도 에미도 형도 동생도 닮지 않은 엉뚱한 놈도 보게 된다.

사내로서는 막내놈인데 지금은 대학도 마치고 군대도 의무를 다한 스물여섯이지만, 그러니까 해방 후 6·25 때 나서 미국서 들어온 분유와 밀가루떡으로 연명을 해가던 터라 영양실조의 모체에서 생겨난 놈이라서 그런지 눈이 있고 코와 입이 있어 사람새끼지 도저히 인간 구실을 할 것 같지 않아, 죽

건 살건 아랫목에 밀쳐둔 것을 제 외할머니가 어디 가서 쌀 한 되를 구해다가 죽물을 끓여먹인 것이 어떻게 빠지락빠지락 살아난 것이다. 그래서 그런지 큰 소리로 웃지도 않고, 인후 아니면 혓바닥 탓인지 말까지 더듬거리고, 머리털과 얼굴은 언제나 노리끼한 것이 영양 탓이란 것쯤은 누가 보더라도 알 수 있었다.

또래들과 잘 어울려 놀지도 않고 싸움질을 하는 것도 보지 못했다.

여름이면 나무 그늘에서, 겨울이면 양지쪽에서 뭣을 하는지 혼자서 호작질(손장난)을 했다. 이 호작질은 국민학교에 들어가자부터 더욱 심했다. 말수가 적은 것은 말을 더듬어서 그렇다 치고라도 침착성이 없어 한자리에 앉아 있지를 못하고 늘 사부작거렸고, 뭐든 만지작거리면 탈을 내고야 말았다. 자봉침, 시계, 가위, 전기, 라디오 같은 것은 물론 심지어는 수도꼭지까지 탈을 냈다. 어쩌다 책상서랍을 열어보면 무슨 칼, 줄, 코일, 전기땜질하는 기계 인두, 유리병에 든 약품, 납, 해서 이건 아이들 말마따나 바로 엉터리 시계수리점이나 미니 고물상 서랍이었다.

그런가 하면 십여 평의 채마밭도 제 손으로 뒤지고 가꾸어, 가을 김장 외에는 자급으로 충분했다. 그래도 불상추 같은 것은 남아돌아가 이웃집에까지 나눠먹었다. 배추·무·파·마늘·불상추·쑥갓·부추·시금치, 채소란 채소는 거의 없는 것이 없었고 토마토·오이·가지도 시장 신세를 져본 적이 없다.

제 용돈으로 씨앗을 사오고 무슨 살충제를 사고 깻묵을 썩혀서 비료를 만들곤 했다. 혹 어쩌다 누가 호미를 들고 풀이나 좀 매주겠다고 채마밭에 들어서면 거들어주는 것이 아니라 되레 싹수를 다치고 방해가 된다고 한사코 거절이었다.

부추로 나물을 하고 오이소박이에다 불싱추를 소쿠리 그득히 씻어다놓고 온 식구들이 둘러앉아 점심을 먹으면서도, 제 누나가

"네가 기른 상추는 왜 이렇게 맛이 쓰냐?"

고 하면, 이놈은 절대 그럴 리가 없다고 극구 변명이다. 불상추는 원래가 맛이 쓴데 가리(加里) 성분의 비료를 하면 중화작용으로 쓴맛이 없어지기 때문에 미리 오줌을 모아 밑거름을 했기 때문에 쓸 리가 없다는 것이다. 사실, 불상추는 여느 것보다 부드럽고 맛이 구시고 달았다.

그뿐 아니다. 뒤란 담 밑에는 유리병에다 모래를 담아 사탕

과 과자 부스러기를 넣어 개미를 기르는가 하면 올챙이, 송사리, 붕어새끼, 심지어는 도마뱀, 두꺼비까지 길렀다.

아침에 자고 나면 변소 갈 준비로 허리끈을 풀면서도 우선 채마밭과 뒤란으로 가보고서야 일을 봤다. 그래서 집안식구들은 채마와 담 밑에 문안드린다고 비꼬았다.

또 어떤 때는 채마밭 손질에 정신이 팔려 학교 가는 시간이 늦을 때가 종종 있다. 그런 때 제 누나가

"오늘은 학교 쉬는 날이냐?"

하면 비로소 이놈은 당황하면서 뛰어나왔다. 어떤 때는 꽃삽을 쥔 채 식구들 사이에 비집고 들 때도 있었다.

"애, 머슴일 잘한다니까 지게 지고 방에 들어온다더라. 넌 밥도 꽃삽으로 먹을 참이냐?"

하면 이놈은 피식 웃으면서 꽃삽을 밥상 밑에다 디밀어놓곤 했다. 뒤란에 갔다오면 너 손 씻었느냐 — 고 눈총을 맞기는 예사고, 넌 학교고 뭐고 다 그만두고 일찌감치 '땅군'이나 되라고 구박이 이만저만이 아니었다. 이런 구박은 제 누나가 젤 심했다.

이놈의 욕심은 중학교는 아무 데라도 좋으나 대학만은 수원 농대였다. 그러나 워낙이 학과가 고르지 못하고 편중돼서

결국은 단념하고 일차로 J대학에 지원을 해서 어떻게 합격을 했다. 등록까지 마쳤다. 그러나 너무 거리가 멀고 통학이 불편해서 포기를 해버리고 가장 가까운 이차인 D대학에 들어갔다. 그것도 실상은 딴 과목은 형편없으나 생물과가 뛰어나게 잘했기 때문이 아닌가 싶다.

대학에 들어가고부터는 아이놈의 행동거지가 딴판으로 달라졌다. 채마밭 손질도, 정원수 가꾸기도, 곤충 채집과 기르는 것 등 자잘구레한 집안 손질에는 영 등한시하고 거의 매일같이 4, 5명씩 또래들을 데리고 왔다. 소위 대학생이란 게 모두가 너절하고 나쁘게 말하면 쭉정밤송이 같은 또래들이었다. 게다가 또 바늘에 실처럼 꼭 같이 따라다니는 여학생도 하나 있었다. 펑퍼짐한 얼굴에 그리 밉지는 않으나 몸은 퍽 건강해 보이고 어딘지 덕성이 있어 보였다. 이 4, 5명 또래들은 무슨 꿍꿍이수를 부리는지 때로는 밥을 해달라고도 하고, 어떤 때는 라면을 사와서 끓여달라고도 했다.

웬 아이들이냐니까 클래스메이트라고 했다. 아이들이 왜 모두가 쭉정밤송이 같으냐니까 그래도 클래스에서는 엘리트들이란다. 같이 오는 엔아이는 뭐냐니까 역시 같은 농과학생인데 원예를 전공한다는 것이었다. 그래서 거의 매일이다시

피 모여서 뭘 하느냐니까 장차 농원에 대한 계획을 짜고 있다
는 것이다. 그런가 하고 그뒤로는 별 간섭도 관심도 가지지
않았으나 다만 언젠가 한 번, 집안일도 좀 돌보렴 했다. 그러
나 이놈은 그런 데 손댈 틈이 없다고 딱 잘라버렸다. 그러면
서 아버지가 운동삼아 해도 되지 않느냐고까지 하는 말투부
터가 전과는 달랐다.

일학년 일학기 방학이 되자 다음날 이놈은 륙색에다 뭣을
가득 처넣고 훌쩍 집을 나가버렸다. 나중 제 어머니에게 물어
보니까, 인천서 배로 몇 시간을 가는 덕적도(德積島)란 섬에
근로봉사를 간다고 하더라는 것이었다.

개학을 하루 앞두고 돌아온 아이놈의 꼴이란 형편없었다.
그런 뒤로도 늘 오는 그룹들이 찾아오거나 같이 달고 왔고,
어떤 때는 밤 열한시가 넘어서야 돌아오기도 했다.

나중에야 안 일이지만, 쑥덕공론이란 게 지금도 시골 오지
에 가면 평당 몇십 원짜리 땅이 있으니 그런 것을 사가지고
제각기 전공 분야에 따라 공동농장을 경영하자는 것이었다.
즉 과수(果樹)는 과수, 일반 소채는 소채, 목축은 목축 — 그
러면 비료 구입이나, 가령 경운기 한 대를 사더라도 공동으로
사면 부담이 적고 같이 쓸 수가 있다는 것, 목축에서 나오는

비료를 이용할 수 있다는 점 등이었다. 그래서 여가만 있으면 그런 땅을 찾아다닌다는 것이었다. 허황된 말은 아닌 것 같았다. 그러나 그것도 뭣이 어떻게 됐는지 그런 안성맞춤이 있었던지 이학년 봄방학 때 이놈은 또 간데온데없어졌다.

며칠 뒤에 레이션 상자에 구멍을 뚫어서 병아리 여덟 마리를 담아왔다. 그동안 수원(水原) 어느 양계장에 가서 일을 해주고 대가로 얻어왔다는 것이었다. 레그혼 네 마리와 뉴햄프셔 네 마리였다. 우량종이라면서 근 한 달 동안이나 방에서 길렀다.

결국 한 마리가 죽고 일곱 마리가 순조롭게 컸다. 중병아리가 되자 레그혼은 백조같이 희고 뉴햄프셔는 대추같이 붉었다. 이웃사람들이 어쩌면 닭이 저렇게도 깨끗하냐고들 했다.

이학년 여름방학이 되자 이놈은 짐을 꾸리기 시작했다.

또 어디를 갈 참이냐니까 가봐야 알겠다면서 여비를 조금 달라고 했다. 오천 원이면 되겠냐니까 충분하다면서 훌쩍 집을 떠나버렸다.

한 열흘간 소식이 없다가 제주도 어느 귤농원에서 엽서가 왔다. 개학 이틀인가 사흘을 앞두고 귤나무 몇 포기를 가지고 돌아왔다. 서울에서도 될 수 있는가 없는가 시험재배를 해보겠다는 것이었다. 그의 말에 의하면 서울에서도 될 수 있으나 보온시설에 경비가 너무 많이 먹혀 수지타산이 맞지 않는다고 했다.

그해 겨울방학이었다. 《農園(농원)》이든가 《園藝(원예)》든가 하는 잡지에 화보가 실렸는데, 아이놈이 카네이션 온실에서 삽목하는 장면이 크게 나 있었다. 알고 보니 김해(金海) 카네이션을 전문으로 하는 농원(農園)에서 한창 졸업기를 앞둔 대목을 노리고 카네이션 재배를 하는 중이던 모양이었다.

이것도 나중 들은 이야기지만, 당시 각 도·군에서 추천을 받아 이 농원에 견습으로 온 사람이 여덟 명이었는데, 이 농원주인의 방침이, 일주일간 날품꾼들과 같이 중노동 — 즉 자갈, 모래 등을 리어카로 실어다 나르는 등 — 이것을 견뎌내지 못해서 뿔뿔이 다 가버리고 끝까지 버티고 남은 것이 아이놈 한 명이었다고 — 그런 일주일이 지나서야 비로소 본격적인 온실에서 일을 시킨다는 것이었다. 아이놈은 꽤 열심히 한 모양이었다. 밤에도 전기를 밝혀놓고 오래도록 작업을 했다는 것이었다. 그래서 한 달이 채 못 가서 큰 두 온실을 혼자 도맡아 보았는데, 개학이 가까워지자 주인이 공식은 아니지만 카네이션 재배 기사증(證)을 써주면서 내년에 꼭 오도록 약속을 하고 왔다는 것이었다. 그러려니 했다.

그해 여름방학에는 전북 산내면(全北山內面) 어느 벽지에서 엽서를 보내왔다. 십 년 전에 여기에 들어와서 지금은 아담한 농원을 경영하고 있는 선배 농원에서 일을 하고 있다는 간단한 소식이었다. 엽서를 보고 — 자식이 한 가지를 깊이 할 일이지 홍길동 모양으로 동에 번쩍 서에 번쩍…… 속담에 토끼 두 마리를 노리는 사냥꾼은 두 마리를 다 놓친다는데…… 했을 뿐 더 관심을 가지지는 않았다.

매일같이 모사를 하던 아이들 중 둘이 입대를 하고 그와 함께 그들의 계획도 그만 흐지부지돼버린 모양이었다.

그러니까 그때가 아이놈으로서는 마지막 겨울방학이 아니었던가 싶다.

어떤 젊은 사내가 아이놈을 찾아왔다.

지금 집에 있지 않다니까, 어디를 갔으며 언제 오느냐고 꼬치꼬치 캐고 묻기에 왜 그러냐니까, 사내의 말이 김해(金海) ××카네이션 농장에서 왔는데 이번 방학에는 꼭 오기로 약속을 했고 기다리다 못해 데불러 왔다는 것이었다. 글쎄요, 현재 어디 있는지도 모르겠고 또 연락도 없으니……. 그러자 사내는 — 자, 어떡한다? 그러고는 고추 먹은 소리를 하면서

고개를 기우뚱거리다가, 만일 소식이 있거나 돌아오거든 즉시 연락을 좀 해줄 수 없겠느냐 ― 고 하기에 그러라고 하고 돌려보냈다. 그보다 앞서 선배의 농장에 와 있다는 엽서 한 장밖에는 통 소식이 없었다. 김해서 데불러 왔으니 가보라고 해본댔자 들어먹을 놈도 아닐 것 같아 그대로 그만 내버려두고 말았다.

　졸업을 한 학기 앞두고 어느 날,
　"저…….” 하고 엉거주춤해서 "저, 말씀드릴 게 있는데요.”
　"뭔데……?”
　"곧 입대영장이 나오는데요, 제대하기까지 오십만 원만 만들어주셔야 하겠습니다.”
　"오십만 원이라니, 우리 처지에 오십만 원이 어디 그리…….”
　"그러니까요, 그동안 학비 대주는 셈치고 어떻게 해봐주세요.”
　"그래, 오십만 원을 가지고 뭘 하는데?”
　"자세한 말씀은 다음에 드리겠습니다만, 아무 데에 선배가 농원을 경영하는데 임대계약은 해놓고 손이 모자라 놀리는 땅이 4, 5천 평 있거든요. 그것을 인수해서 저하고 여기에 늘 오던 여학생하고 둘이서 공동으로 개척할 작정입니다.”

“아니, 여학생이 벽지로 가서 농사를 짓겠다……?”

“여러모로 계획을 세운 것이니까요!”

그러나 말이 좀 허황된 것 같아서

“아니, 그건 앞으로 3년 뒤의 일이 아닌가, 그런 문제는 천천히 해보기로 하고…… 그보다도 너 왜, 이번 방학에 꼭 가기로 약속을 해놓고 딴 데로 가버렸냐. 김해서 일부러 사람이 찾아왔던데…….”

하니까 이놈은 피식 하면서

“알 것 알았으면 그만이지 또 뭣 하러 가요.”

하고는

“좌우간 일 주일 안으로는 영장이 나올 것 같습니다.”

“그렇게 빨리?”

“그러니까 제대하면 곧 실행할 것은 거의 확정적이니까 그리 아시고 미리 말씀드리는 겁니다.”

“허음…….”

“그리 아시고 전 볼일이 있어 나가봐야 되겠습니다.”

그러고는 훌쩍 나가버렸다.

언젠가 수원서 갖다기른 닭이 첫알을 낳았다. 아이놈의 예정보다는 며칠 늦었고 또 알이 쬐그만했다.

"어째 알이 이렇게 잘아. 우량종도 별수 없구만."

하니까, 아이놈은 알을 손바닥에 이리저리 굴리면서

"첫알은 다 이래요. 차차 굵어져요."

"그런데 우량종이라면서 이렇게 한우리에 가둬놓으면 결국 잡종이 되잖나?"

"이전 씨닭이 아니니까요. 그런데 실상은요, 닭은 2대 잡종이 산란도 좋고 병에도 강하고 육계로도 좋아요!"

했다.

실상 그런지 어떤지는 몰라도 아이놈의 말대로 알은 날이 갈수록 굵어졌다.

이래서 매일 신선한 계란을 먹게 되었고 그 대신 모이값을 물어주기로 했다.

일쑤

"이 집 학생 어디 갔소?"

하고 찾아오는 이웃사람들은, 개가 밥을 안 먹거나 닭이 모이를 먹지 않고 졸기만 한다거나 해서 수고스럽지마는 좀 봐달라는 부탁들이었다.

아이놈의 말에 의하면 개가 밥을 먹지 않는 것은 위장탈이 나서 그러니까 걱정할 필요가 없고, 때로는 풀을 뜯어먹는데 그것은 토하기 위해서 그러는 거라고…… 그러니까 즉 단식요법을 하는 거니까 며칠 지나면 괜찮다고 했다. 닭이 설사를 하는 것은 흔히 있는 모이 탈인데 목에서 쉑쉑 소리를 내면서 웅크리고만 있다니까, 아이놈은 고개를 한번 기우뚱하고는 주인을 따라갔다와서, 이웃 환두[鬪鷄]에게 덤비다가 호되게 가슴패기를 차인 모양이더라고 했다.

"닭이 싸운 건 벼슬을 보면 단박 알 수 있잖아. 톱벼슬을 쪼아 피가 나고……"

"그건 서로 힘이 비등할 때 쪼고 할퀴고 하지만 실상은 발로써 가슴패기를 차는 거죠. 벼슬을 무는 것은 차기 위한 것이지 벼슬을 쪼기 위한 것이 아녜요. 그렇기 때문에 샤모[軍鷄] 같은 투계에게 웬만한 놈은 두어 번 차이면 그만 달아나버려요. 이렇게 한번 당하면 약한 놈은 심장이 멎고 죽어버리기도 해요. 저 집 닭도 섣불리 덤비다 호되게 당한 모양인데 인제는 보기만 해도 달아나버릴걸요."

"그래 어떻던?"

"물을 먹이고 좀 있으면 괜찮아요."

했다.

한 열흘이 지나서야 영장이 나온 모양이었다. 이미 개강이 시작됐는데도 아무런 말도 없이 신변 정리를 하기 시작했다.
그런 줄도 모르고
"딴 학교는 벌써 개강을 했는데 너네 학교는 아직 안 했냐?"
하니까
"왜요, 그저께부터 했는데요."
"근데 넌 아직 등록도 안 했잖아?"
"낼모레면 입댄데요 뭐."
그때서야
"응, 그렇군 참."
사흘 뒤였다. 아침 산책을 나갔다가 돌아오는 길에서 K씨를 만나 아침 커피를 한잔씩 하자고 해서 아홉시나 돼서야 돌아왔다.
식구들이 둘러앉아 아침을 먹고 있는 참인데 이놈만이 숟갈을 쥔 채 일어섰다가 다시 앉는다.
"당신 기다리다가 먼첨 먹소."

하기에 보아하니 팥밥에다 고깃국과 남새도 있어 어쩐지 여느 때와는 다르다.

　세수를 하고 와서

　"어떻게 오늘 아침은 찬이 푸짐한데……."

하니까

　"오늘 애 입대 아뇨!"

해서 그제서야 또

　"응 참, 그렇지. 깜박 잊고 있었군. 그래 준비는 대강 됐나?"

　"준비래야 뭐 있어요!"

　"고깃국도 쉬 먹겠냐, 많이 먹고 가."

하기는 했으나 국이 맛이 있는지 짠지 싱거운지조차 모를 만치 착잡한 심정으로 아침상을 물리고 건너와서 담배를 붙이는데 아이놈이 들어와서 버릇인 엉거주춤 무릎을 꿇고

　"가겠습니다."

　"왜 그렇게 서두냐. 게 편히 좀 앉아라."

　"시간이 없어요. 열시 반 차니까 지금 나가야 해요."

　"그럼 나가야지. 근데 임마, 옷이 그게 뭔가. 그것밖에 입을 것이 없냐?"

"이게 어때요. 가면 홀랑 벗어버리고 군복을 갈아입을 텐데요 뭐……."

"그렇긴 하지만…… 용돈은 좀 가졌나?"

"쓸 데도 없지만 그런 거 일체 갖고 오지 말래요."

"차비는 넉넉히 가졌냐?"

"예!"

"그럼 나가지."

"그런데요, 아버지……."

"그래 뭐냐?"

이놈은 한동안 머뭇머뭇하다가

"시간이 없으니까 가서 편지로 하지요."

그러고는 앞서 나간다. 제 어머니, 누나, 동생과 친구들은 벌써 저만치 가고 있다.

"훈련기간 동안에는 서신왕래도 못한다지?"

"그러믄요."

"모든 것 조심해라."

"저, 전번에 말씀드린 농장 건 말입니다. 제대할 때까지는 꼭 어떻게 되도록 해주셔요."

"그건 네 어머니하고도 의논을 해야겠고…… 삼년 후의 일이니까 천천히 방도를 생각해보자."

"그럼 안녕히 계십시오."

꾸벅 절을 하고는 잰걸음으로 앞서가는 친구들과 뭐라고 지껄이고 서로 어깨를 치면서 가는데, 가진 것이라고는 신문지에 싼 꾸러미 하나뿐이고 철 지난 남방인지 잠반지에 회색 바지, 운동화, 그리고 신문지에 싼 것은 아마 점심으로 만들어준 김밥인 모양이었다.

뭔가 할말이 있었는데 생각이 나지 않는다. 그는 근자에 와서 나이 탓인지 건망증이 심하다.

버스를 기다리는 동안에야 문득 생각이 나서

"얘, 나 좀 봐. 군대란 말이다, 잘 먹고, 잘 자고, 남보다 앞서지도 말고 뒤지지도 말고 적당히 움직이면 된다. 그 밖에는 아무것도 생각지 마라. 알겠냐?"

"예!"

"옜다, 이거 챙겨넣라, 혹시……."

"필요없다니까요."

"그렇잖다. 챙겨넣둬라."

이놈은 마지못해하면서 받아가지고는 제 동생에게 닭모이를 사라고 얼마를 나눠준 모양이었다.

　버스가 오자 아이놈은 한 발 올려놓으면서 또 한 번 꾸벅하고는 비집고 들어가버렸다. 역까지는 제 꼬마동생과 동창생 몇몇만이 따라가는 모양이었다.

　3개월의 훈련기간이 지나고도 한 열흘 만에야 제 누나에게 그것도 엽서로 기별이 왔다.
　그에 의하면 별일없이 훈련을 마치고 지금은 춘천 교외 무슨 공병대에 소속이 됐는데 내무반에 근무하고 있다는 것이었다. 그리고 내무반이라서 그런지는 몰라도 군대란 입대 전에 생각하던 것과는 달리 그리 고되거나 어렵지 않고, 떠날 때 아버님 말씀대로 잘 먹고 잘 자고 잘 움직이고 있으니 걱정 말라고 — 그리고 급식은 넉넉하다고 했다. 그리고 닭은 털갈이를 할 때가 됐는데, 털갈이를 하고 나면 산란율도 좋고 알도 굵어지니 잘 돌보라고 — 이건 제 꼬마동생에게의 당부였다. 그러나 닭장에는 이미 거미줄만 설쳐버렸다.
　제 누이동생이 돌보기는 했지만 모이도 제때 제대로 주지 못하고 때로는 학교시간에 쫓겨 그냥 가버리고 나면 누구 한 사람 돌봐주지도 못하고 종일 가둬둔 채 물 한 모금도 주지 않고 깜박 잊어버리는 때가 일쑤였다.

나나 안사람도 그런 면에는 좀 무신경한 편이었고, 또 닭장이 눈에 잘 뜨이지 않는 채마밭 담 밑 구석지에 있는 탓도 없지는 않았다. 차차 산란율도 떨어지고 그 백조같이 흰 털에 오물과 먼지가 묻어 희부옇하고, 톱버슬의 색깔도 푸리딩딩해졌다. 한 다리를 꺾어올리고 꾸벅꾸벅 조는 놈도 있었다. 아이놈의 친구가 와 보고는 처분해버리라고 했다. 그래서 친척 되는 할아버지 회갑에 뉴햄프셔 한 마리를 보내고 두 마리는 이웃집에서 씨를 받겠다고 헐값으로 가져가버렸다. 나머지 세 마리는 시골서 손이나 오고 하면 고아주고 해서 그럭저럭 없어져버렸다.

엽서를 받고 이틀이 지난 뒤 안사람에게
"한번 가봐야 하지 않겠냐. 춘천이면 세 시간 조금 더 걸릴까? 춘천서 얼마를 더 가는지는 몰라도……."
"나는 실상 당신 눈치만 보고 있었소."
"그럼 낼이라도 가 보자고……."
이래서 다음날 만사 제외하고 찰시루떡을 좀 해가지고 면회를 갔다.
춘천에서 교외인 우두동(牛頭洞)까지는 십 리 남짓, 무슨 공병대대 본부는 바로 도로변에 있었다. 면회신청을 하니까 무슨 연락사무로 해서 본부에 갔는데 한 시간쯤이면 온다고 한다. 주보에서 기다리기로 했다. 근 두 시간이나 기다려서야 아이놈은 상기된 얼굴에 좀 수줍은 웃음을 띠면서 주보로 달려왔다.

그는 언뜻 뭐라고 말이 나오지 않아 한동안 물끄러미 바라보기만 했다. 아이놈 역시 말없이 제 어머니와 번갈아 보다가 고개를 꺾고 군화 끝으로 시멘트 바닥을 차기만 했다. 보아하니 키도 큰 것 같고 가슴도 떡 벌어지고 구김살 없이 올이 선 군복도 맞고 어울려 어디를 보나 의젓한 군인이었다.

"어때, 시간 좀 없겠냐?"

이때서야 이놈은 고개를 들고

"외출허가를 맡고 나왔어요!"

하는 이놈의 눈시울이 아무래도 좀 젖은 것 같았다.

버스를 타고 다시 시내로 나와 어느 냉면과 불고기 전문집으로 들어갔다.

불고기 삼인분은 이놈이 혼자서 거의 다 먹다시피 했다.

"요즘은 부대에서도 더러 고깃국을 준다면서……."

"기름이 떠 있으니까 고깃국이지요."

"밥은 모자라지 않냐?"

"넉넉해요."

음식점을 나오면서

"귀대시간은 몇시까지야?"

"들어가야 돼요!"

"그럼 가봐야지. 옜다, 용돈으로 아껴써라."

그러고는 3천 원을 주니까 전과는 달리 암말없이 받아 바지 뒷주머니에 쑤셔넣으면서

"그럼 안녕히 가시소."

이놈은 그때서야 군모를 벗고 꾸벅하고는 돌아도 보지 않고 뚜벅뚜벅 시간 때문인지 반은 쫓기듯 가버린다.

내외는 버스가 오기까지 아이놈을 지켜보고 있었다. 아이놈은 버스 정거장 옆 담배가게에서 담배 한 보루를 사가지고는 그렇게 맛이나 보라고 해도 먹지 않고 그대로 가지기만 한 떡보자기를 겨드랑에 낀 채 훌쩍 버스에 올라버렸다. 내외는 말없이 서울행 버스 정거장으로 발길을 돌렸다.

그뒤 제 누이동생에게는 종종 엽서를 보내는 모양이고 원예에 관한 무슨 책도 구해 보내라는 모양이었다.

입대한 지 만 일년이 지난 뒤에야 휴가를 왔다. 이십 일간 정규휴가라고 했다.

이놈은 집에 들어서자마자 닭장과 채마밭을 힐끗(제 누이동생이 이미 다 알린 듯) 하고는 마루에 걸터앉아 군화끈을 풀고는 방으로 들어와서 모자를 벗고 꾸벅한다.

"앉아. 그동안 고생 많았지?"

이놈의 언제나 버릇인 엉거주춤히 무릎을 꿇고

"괜찮아요!"

보아하니 몸도 훨씬 나고 혈색도 나쁘지 않다. 이때는 식구들도 모두 몰려들어 제 누나와 누이동생은

"의젓한 군인이 됐는데."

"군인이란 게 어쩜 얼굴도 타지 않았어."

"사산도깨비도 인젠 제법이야."

"야, 그 양말 좀 벗어. 냄새가 지독해."

그러나 이놈은 피식이 웃기만 하면서 제 누이동생 머리를 손가락으로 밀어버릴 뿐이었다.

"가서 목욕이나 하고 와."

이날 저녁에는 고깃국에다 이놈이 유독 좋아하는 물오징어를 사다 데치고 이것저것 해서 밥상이 제법 푸짐했다. 상을 차려놓고 제 누이동생이 건넌방을 향해

"오빠, 밥 먹어."

그러나 아무런 기척이 없다. 결국 달려가서 방문을 열고 보니 세상 모르고 잠이 들어 있다.

"하이 참……."

우악스럽게 어깨짬을 흔들면서

"군인이 뭐 이래. 밥 먹어, 밥."

그때서야 이놈은 푸스스 눈을 뜨고 일어나서 서쪽 창으로 눈을 돌리면서,

"저녁가, 아침가?"

"아침이다, 아침!"

이놈은 벌떡 일어나서 타월을 들고 바같으로 나와 한동안을 살피다가 제 누이동생 머리를 가볍게 한 번 쥐어박고는 상머리에 앉는다.

제 큰형만 빼고 식구는 다 한자리에 모였다.

"젤 먹고픈 게 김치야." 그러면서도 물오징어부터 초고추장에 듬뿍 찍어 우둑우둑 씹는다.

보고만 있어도 유쾌할 정도로 왕성한 식욕이다. 국 한 그릇, 오징어 수북하니 한 접시, 김치 한 사발을 거뜬히 먹어치운다.

원래가 별말이 없는 제 어머니가 입속말로

"시상에, 저렇게 먹는 식보가 군대에서는 어떻게 견디냐."
"뭐, 있으니까 먹는 거지……."
"밥은 먹을 만치 줘?"
"그럼요!"
"찬은?"
"찬은 콩나물국하고 김치하고…… 또 꽁치국도 주고 어쩌다가 쇠고깃국도 줘요!"
이때 또 제 누나가 익살을 부린다.
"쫄병이면서 뭘 하길래 얼굴이 타지 않고 말쑥해. 취사반 같은 거 아냐?"
"내무반이니까 사단본부와 연락사무 외에는 나다닐 일이 별로 없으니까."
"훈련 때하고는 어때?"
"그야 뭐……."
"훈련 때 기합 직사케 받았지?"
"왜?"
"사산도깨비에다 총기 같은 거 탈을 내고 해서 말야."
"이래도 일등사수(一等射手)야. 사람 우습게 보지 마."
제 누이동생이 또

"일등사수가 뭔데?"

"중학교 이학년이 아직 일등사수도 몰라, 바보같이……."

그러자 제 누이가

"총을 잘 쏘는 게 일등사수야."

"정말?"

"열 발이면 아홉 발까지는 자신 있어!"

"그럼 상 주나?"

"상은 무슨 상……."

"시시하군, 일등사수도."

"어떤 새끼는 말야, 두 발도 못 맞춰."

"그럼 기합받나?"

"교관에게 엉덩이를 차이고 빠따로 얻어맞기도 해."

"요즘은 기합이 없다면서……?"

"군대에서는 기합이 없이는 안 돼. 말이 있잖아, 쫄병놈하
고 북어는 두들겨야 말랑말랑해진다고……."

"오빠도 더러 맞았나?"

"군대서 빠따 안 맞은 놈은 없을걸."

"인제는 훈련소보다 훨씬 편하겠네."

"그야…… 그렇지만 공동기합 때는 좀 억울해. 한 소대나

분대에서 한 놈이 잘못하면 그 소대나 분대 전부가 기합이야.
뭣보다도 골칫거리는 '쥐잡는 주간' 이 있는데……."
　"쥐가 그렇게 많아?"
　"말도 말아. 천장, 창고, 취사장 할 것 없이 와글와글해. 한
달쯤 전에도 말야, 한 소대에서 쥐를 이틀 동안에 스무 마리
씩 잡아 검열을 맡으라는 명령이 내렸어. 그래서 각 소대마다
쥐 잡는다고 야단이야……."
　"쥐약을 놓으면 되잖아?"
　"쥐약은 안 돼. 절대로 못 놓게 해. 언젠가 하도 쥐가 많아
서 쥐약을 놨다가 그 동네 세 집이나 개가 죽고부터는 쥐약은
절대 엄금이야. 그런데 우리 내무반에는 쥐가 그리 많지 않거
든. 그래서 스무 마리를 잡아낼 수가 있어야지. 먹이를 놔놓
고 담요를 쓰고 기다렸다가 쥐가 나오면 철사로 만든 활촉으
로 잡다가 나중에는 드럼통에 엷은 (꽃장판 같은)비닐로 중
심에서 방사선으로 가위질을 해서 그 복판에 빵조각을 얹어
놓거든. 그러면 이놈이 그것을 먹으러 중심에 오면 그만 물
속에 빠져버리고 비닐은 본래대로 서버리는 거야. 이래서 네
마리나 잡긴 잡았어. 그래도 겨우 일곱 마리밖에 잡지 못해서
취사반 담당병에게 두 홉짜리 소주 한 병하고 쥐 한 마리하고

바꿔오기도 하고, 밤에 남의 반에 잠입해서 훔치러도 갔으나 어림도 없어. 그래서 소대장이 창고 지키는 놈하고 취사반장을 주보로 데리고 가서 소주를 먹여 곤드레를 만들어놓고 쥐를 훔쳐왔는데 다음날 말야 응, 검열을 받는데 말야, 자신만만하게 내논 취사반이 젤 성적이 나빠 빠따로 취사반 전원이 엉덩이를 두 대씩 맞았지."

"세상에……."

"그뿐인 줄 알아. 공병대인 만큼 매일 작업을 나가거든. 그날 쓸 휘발유를 적량 공급을 받아 나가는데 남겨도 안 되고 모자라도 안 되거든. 남으면 그날 게으름을 피우고 놀았다는 것이 되고 기합이 있으니까 이것은 빼 팔아먹는데 그 수단과 방법이 어떻게나 용한지 말도 못해. 아무튼 군대란 어떤 면에서는 참 재미난 곳이야. 명령이 내리기만 하면 불가능사가 없어. 무슨 방법 무슨 수단으로라도 해내니까."

"휘발유는 어떻게 팔아?"

"그런 건 말하면 안 돼!"

"그런데 더 골칫거리는, 농번기에 휴가를 보내잖아. 안 오는 거야. 귀대 날짜에 돌아와야 하는데 오지 않거든. 그러면 할 수 없이 잡으러 가는 거야. 그런 새낄수록 강원도나 전라

도 산골이야. 나도 두어 번 갔는데 양구에서 산골짜기로 반나
절이나 걸려 간신히 찾기는 했는데 형 내외하고 조카 둘이 사
는 거라. 형이 발목을 다쳐 꼼짝을 못하고 그의 형수가 혼자
서 논 두 마지기와 밭 몇 마지기를 지으려니 손이 안 돌아가
묵힐 형편이라 그 꼴을 보고서야 나중에는 영창에 들어가더
라도 우선 급한 것만 좀 해놓고 갈 작정이었다잖아. 참 딱하
데. 그의 형수는 우릴 잡고 막 울잖아. 감자하고 도토리묵만
실컷 얻어먹고 돌아오면서,
    '가서 뭐랄래?'
    '발을 삐었더라고 할까.'
    '나중 탄로나면 안 되니까 바른 대로 대지 별수 있나.'
    '괜찮을까?'
    '글쎄!'
밤 아홉시나 돼서 부대에 도착했는데, 야, 요새끼들 잡으러
보낸 새끼들이 도로 잡힌 셈 아닌가. 이리 와! 명령을 어기면
군법 제 몇 조에 해당하는지 알지. ― 그러고는 직사케 얻어
맞았지."
    이런 이야기를 듣다 그는 그만 건너와버렸다. 제 어머니는
국수를 삶아주는 모양이었다.

다음날 아침 아홉시나 됐을까? 이놈이 건너와서

"저, 전에 말씀드린 그거 말입니다, 50만원 어떻게 되겠습니까?"

하고 좀 굳은 표정이다.

"말이 쉬워 50만원이지 우리 형편으로서는 대금(大金) 아닌가. 그래서 생각다 못해 이웃사람들이 하는 계를 하나 들기로 했어. 네가 제대할 때쯤 찾도록 달수 계산을 해서 말야."

"예, 알았습니다."

그러고는 일어선다.

"왜, 어디 또 나갈 참인가. 뜰 손질이나 좀 하고 머칠 푹 쉬지."

"친구들하고 어디 좀 갔다와야겠어요."

"언제쯤 오냐?"

"글쎄요, 가봐야 알겠어요!"

"……."

"그럼 갔다오겠습니다."

그러고는 전에 입던 헌옷으로 갈아입고 륙색을 메고 나가버렸다.

사흘이 지나고 일주일이 지나도 소식이 없었다.

"애는 어디를 갔기에 통 소식이 없어. 당신에게도 어디를 간단 말 없던?"

"가봐야 안다고만 하고 별말이 없던데요."

귀대할 날을 하루 앞두고 저녁 열시쯤 해서야 형편없는 꼴을 해가지고 돌아왔다.

선배네 농장에 가서 일을 해주고 왔다는 것이었다.

걸귀 씐 것같이 저녁을 먹고는 옷도 제대로 갈지 않고 자리에 들어버렸다.

그러나 다음날 아침에는 제일 먼첨 일어나서 양말과 팬티를 빨아널고 군복을 다리고 짐을 챙기고 했다.

"애, 빨 것 같은 건 네 누이에게 해달라면 되잖아."

그러나 이놈은 뭐, 상사들 빨래를 늘 하기 때문에 그런 것쯤 문제가 아니라면서 다리미질도 제 손으로 했다. 과연 익숙한 솜씨였다. 식구들은 해먹을 것이 없으면 세탁소도 하겠네 — 하고 웃었다.

"몇시까지 가야 해?"

"오늘 안으로만 들어가면 돼요."

그러고는 머뭇머뭇하다가 돈 이천 원만 달라고 한다. 삼천 원을 주니까 이놈은 암말없이 받아넣고는 아침을 먹자마자 나가 저녁녘에야 들어왔다.

보아하니 여성잡지 몇 권과 담배 몇 보루를 사가지고 와서 짐 속에 같이 꾸려넣고는 먹던 밥이라도 있거든 달라고 했다.

새로 했는지 먹다남은 밥인지 점심인지 저녁인지 어중간한 밥을 먹고는

"그럼 가겠습니다."

하고 꾸벅한다.

"그럼 가봐!"

제 어머니, 누나, 누이동생들과 함께 대문간을 나가는 뒤꼴을 바라보면서 그는 속으로 — 그 사산도깨비 같던 놈이 철이 늦드는지 언동이 신중해지고 믿음직해서, 사람은 성장과정에서는 여러 번 변한다더니…… 했다.

그뒤로도 한 달에 한두 번 출장을 나오는 모양인데 시간이 있으면 잠깐 들르고 그렇지 못하면 전화나 하고 가버리곤 했다.

제대를 한 달쯤 앞두고 사흘간 휴가를 받아왔다. 그러나 뭔지 모르게 침착성을 잃고 초조해하는 모습이 완연했다.

"애, 그동안 나무 손질이나 좀 하렴."

　그러나 이놈은 그에 대해서는 아무런 대꾸도 없이 들어와서 뭔가 말을 할 듯하다가는 고개를 꺾곤 한다.

　"뭐야, 할말이 있음 해봐."

　그제서야 이놈은 앉음새를 고치고

　"저, 그동안 벼르기만 하면서도 그럴 기회도 없었고, 또 확실한 결정을 보지 못해서 이야기를 못했습니다만……."

하고는 또 고개를 숙여버린다.

　"그래, 도대체 무슨 이야긴데……?"

　"저, 딴 게 아니고 이달 말경이나 내달 초에는 제대특명이 나오는데요, 제대를 하면 한 학기 남은 복학문제도 있고…… 졸업이 이월이거든요, 학점은 거의 다 따놓고 한 과목만 남았는데 그건 별 문제가 아니고……."

　"그럼 뭐가 문젠가?"

　"졸업과 함께 곧 농장으로 가야겠어요."

　"도대체 네가 간다는 농장인가는 어디야?"

　"전북 부안에서 백여 리 들어간 산골인데, 언젠가도 잠깐 말씀드린 선배가 십여 년 전부터 경영해온 농장인데요……."

　"그래서?"

　"제가 두어 번 가서 일을 해줬는데 이 선배가 유휴 국유지

를 임대계약으로 만 평 가까이 받았으나 일손이 없어 절반 정
도는 묵히고 있거든요."
　"그래서?"
　"그래서 저도 졸업을 하면 여기에 와서 농원을 하고 싶다
고 했지요."
　"그래서?"
　"그러니까 선배는 웃기만 하고 대꾸도 잘 않더군요. 농담
인 줄 아는 모양이었어요. 그래서 기회만 있으면 같은 말을
되풀이하고 졸라대니까……."
　"아니, 졸라대다니 뭣을 어떻게 졸라댄단 말야?"
　"즉, 선배가 놀리고 있는 땅을 양도해달라고요."
　"그래서?"
　"그러니까 선배는, 지금 보아 농원이랍시고 꼴이나 돼 있
지만 이렇게 되기까지에는…… 하고 두 손바닥을 펴 보이면
서 우리 내외의 피나는 노력과 투쟁의 결과라는 걸 알아야
해. 그것도 자그마치 십여년 동안을 말야 ―."
　"그래서?"
　"손바닥을 만져보니까 꼭 억센 페이퍼 같더군요."
　"그래서 뭐랬나?"

"다 알고 있습니다. 도시인들이나 젊은 학도들이 흔히, 농원이니 농장이니 하면 그것을 시골의 자연풍경과 소박성에 대한 어떤 낭만을 연상하기가 쉽고…… 그래서 계획을 세우고 투자를 했다가 대부분이 실패 또는 좌절과 환멸에 빠져버리는 사례는 얼마든지 보아왔으니깐요. 그런 환멸이나 좌절은 애당초부터 계획이 비현실적이었다고 생각합니다. 그러나 선배는, 자네뿐 아냐. 십여 년 동안에 무려 4, 5명이나 같은 꿈이랄까 이상이랄까? — 를 가지고 달려들었다가 길어도 삼년을 넘기지 못하고 다 떠나버렸어. 그런 예를 알고 보고 있으면서 또 되풀이할 필요가 없잖아 — 하고 도무지 상대를 않으려고 들어요."

"당연한 얘기지."

"정 그렇다면(선배의 유휴지를 양도 안 해주겠다면) 이 근방에 따로 물색을 해보겠다고 떠날 준비를 하니까, 그때서야 선배는 하룻밤만 더 생각해보자고 잡더군요. 다음날 선배는 닭을 한 마리 고아 같이 먹으면서, 나도 자네 같은 후배가 곁에 같이 살게 되면 서로 의지도 되고 얼마나 좋겠나마는, 그러나 결국에는 실패와 좌절만으로 돌아가는 꼴을 보는 것만치 괴로운 일도 없어. 그러나 나도 지난밤에 많이 생각해봤어. 한 번 더 시험해보자고 ─ 말야. 지금 개발은 돼 있으나 토질이 박하고, 바다가 가까운 반도(半島)라 바람이 세차고 여러 가지 조건이 그리 좋지 않아. 그래도 자네가 굳이 그만한 결심이라면 4, 5천 평을 양도해줄 테니 해보려무나 ─ 하기에 저는 너무나 기뻐서 울었어요."

"그래서?"

"그 길로 부안까지 나와서 선희에게 전보를 지급으로 쳤지요."

"아니, 가만…… 선희라면 집에 자주 오던 개 아닌가, 여학생……?"

"맞아요."

"아니…… 그래, 애기해봐."

"그날 밤 부안서 어느 하숙집에 들었는데 한잠도 못 잤어요."

"왜?"

"선희가 오는지 어쩐지도 걱정이고 앞으로 해야 할 계획이며…… 때문예요."

"그래서?"

"다음날 오후 한시경에야 선희가 왔더군요. 계약금 십만

원을 가지고 말입니다. 하도 반가워서 선희 손을 잡고 저는
또 한 번 울었어요. 사년 동안 뜻을 같이하면서도 선희 손을
잡아보기는 그때가 첨이었어요."

　그는 속으로 그럴 거라고 인정은 하면서도 웃어 보이니까
이놈은 얼굴이 홍당무가 되면서

　"정말입니다."

　"누가 거짓말이랬나, 자식도 참…… 그래 얘기나 해봐."

　"그래서 우선 양도 권리금조로 십만 원을 주고 나머지는
우리가 입주할 때 청산하기로 했지요."

　"그럼 선희라는 개와는 사전 연락이라도 있었던가?"

　"사전 연락요?"

　"아니, 개가 글쎄 돈을 가지고 왔다면서?"

　"예!"

　"그러니까……."

　"건 제가 말씀드린 것 같은데요. 개와의 관계를 말입니다."

　"내가 알고 있기로는 개도 뜻을 같이하는 한 그룹이라고
만……."

　"그건 그런데요, 개와는 뜻만 같을 뿐 아니라 실천도 같이
한다는 말씀은 안 드렸던가요?"

"못 들었어. 뜻을 같이한다는 것과 행동을 같이한다는 것과는 다르잖아."

"예, 알겠습니다."

그러고는 피식 웃으면서

"젤 중요한 말을……."

"그래, 얘기해봐."

"걔하고는 일학년 때부터 계획을 해왔고 그동안 농촌계몽, 근로봉사 등 한 번도 빠진 때가 없었어요. 저희들 그룹이 모두 다섯이었는데, 원래 계획은 범위가 크고 헐한 땅을 입수해서 각기 전공 분야별로 공동농장을 하자는 것이었어요. 그래야 농기구 구입이나 비료, 수급 반출 여러 가지로 경제적이고 그것이 어느모로 보나 편리하거든요. 그랬던 것이 가정사정 또는 군대입대 등 해서 한 사람 두 사람 떨어지고 결국 걔와 저만이 남아 어떤 난관이 있더라도 실천에 옮겨보자는 거죠."

"아니, 그러니까 간단하게 말해서 걔도 이번에 너와 행동을 같이한다는 건가?"

"그렇지요!"

"이거 어떻게 되는 건지…… 걔도 이번에 졸업인가?"

"졸업은 지지난해 했지요. 저는 군대 때문에 늦어지고……."

"근데 걔는 아직도 미혼인 것 같던데?"

"그럼요!"

"양친이 계신가?"

"그러믄요!"

"부모가 있는 처녀애가…… 그래, 걔 부모는 뭘 하는 어떤 사람인데 딸애가 산골로 들어가서 농사를…… 네들끼리 무슨 장래에 대한 약속이라도 있는가?"

"그 문젭니다. 실상은 그 문제를 말씀드린다는 것이 자꾸 딴 말만……."

"좀더 구체적으로 터놓고 얘길 해봐. 개울섶에서 미꾸라지 더듬듯 하지 말고……."

"장차는 결국 걔하고 결혼을 해야 하잖겠어요. 그렇다고 그에 대해선 아무런 약속도 없습니다만…… 그런 문제는 저희들의 장차 문제고 우선 우리가 발을 붙일 땅이 급하고 선결 문제가 아니겠어요. 그렇기 때문에 그런 건 별로 생각할 여유도 없었고 문제시도 안 했는데, 그런데 다행히도 선배의 도움을 받게 되고 구체화되고 보니 이제 와서는 걔의 부모네가 또 절대 반대예요. 그래서 골머리를 앓는 중이에요."

"그야 물론이지, 반댈 수밖에…… 가령 처지를 바꿔놓고 생각을 해봐. 과년한 딸자식을 아무런 조건도 없이 산골로 농사를 보내겠냐 말야. 말도 안 되는 소리……."

"걔도 부모가 반대할 것쯤 미리 각오를 했고, 그래서 어떻게든 부모네를 설득시키느라고 걔도 골치예요."

"걔네 아버지는 뭘 하는 어떤 사람인가?"

"황해도 사람인데 상당한 지주였나봐요. 아시다시피 공산당에게 추방을 당하고 월남을 했는데 지금은 청량리 근방에서 조그마한 여관을 하고 있어요. 그런데 아들이 없고 딸만 셋인데, 딸 둘은 이미 출가해서 다 그대로 사나본데 애는 마내지요. 그러니까 부모네들은 물론이고, 애 역시 부모는 장차 자기가 모실 수밖에 없다는 것뿐 아니라 사내 못지않는 효녀예요. 그런데 부모네들 생각은……."

"어떻게?"

"좋은 사윗감을 골라 아들 겸 사위 겸해서 이 여관을 물려주고 노경을 의탁할 생각이거든요."

그러고는 뭘 생각했는지 한번 피식 웃고는

"그런데 애는 부모네들의 기대와는 달리 얼토당토않은 짓을 할려니…… 문제지요."

“알겠어. 당연하지.”

“그러나 걔 말도 저는 옳다고 생각해요. 지금은 그리 연만치 않지만 노경에는 여기를 정리하고 시골로 내려와서 저희들과 함께 편안하게 살 수 있도록 기반을 닦아놓겠다는 주장이거든요.”

“흐음…….”

“걔 아버지가 날보고, 여기 적당한 데 취직을 시켜줄 테니 선희하고 결혼을 해서 이 집을 맡아 살면 어떠냐 — 고 하더군요.”

“그래 넌 뭐랬나?”

“그야 될 말이 아니지요.”

“너도 그 집에 자주 가냐?”

“학교 때는 물론, 휴가만 왔다면 오라는걸요.”

“그 집에서는 널 어떻게 보냐?”

“어떻게 보다니요?”

“눈치가 말야, 좋아하는 편인가 아니면…….”

“그걸 제가 어떻게…… 늘 착하다는 걸 보면 싫어하지는 않나봐요.”

“흐음…… 그런 문제를 인제사 내게…… 네 부모는 네 맘

대로 된다 이건가?"

"그런 게 아니고 저는 설사 부모님이 반대를 하더라도 이미 각오가 돼 있고 또 집에는 형이 있고 누나랑 동생도 있고 어차피 저는 독립을 해야 되잖겠어요. 그러니까 개하고는 처지가 다르고 그리 심각한 문제가 되지도 않을 것 같아서요."

"흐음……."

"그런데 어제 가니까 어떻게 맘을 돌렸는지 너희들이 정 그렇다면 약혼을 하든지 아니면 결혼을 해서 가라는 거예요."

"그래, 넌 뭐랬나?"

"그 문제에 대해선 저도 부모와 상의를 해야겠으니 내일까지 시간의 여유를 달라고 했지요."

"그쪽으로서야 당연한 애기지. 너희들이 그렇고 쌍방이 좋다면 그게 가장 합리적이 아니겠냐."

"아버님 생각은……."

"글쎄, 일단 서로 만나봐야 되잖겠냐?"

"저쪽에서도 그러더군요."

"그럼 언제쯤……?"

"오늘이라도 연락만 하면……."

"네 어머니와도 상의를 해야겠고 하니 내일쯤 어떤가?"

"집으로 오라고 할까요?"

"아냐. 그건 실례고, 시내 어느 다방이라도 정해둬."

"그게 좋겠군요."

이놈은 그 길로 전화 연락을 하는 모양이었다.

"내일 오전 열시에 종로 5가 H다방에서 만나기로 했어요. 좋겠지요?"

"그러므나!"

이날 밤 그는 식구들에게 대략의 이야기를 하고 의견을 모아보았으나 그의 아내는 언제나처럼 무덤덤한 투로

"아이(선희)사 괜찮다만……."

했고, 큰딸아이는

"마음씨야 그럴 수 없지요. 둘을 저울에 달면 꼭 맞설걸요. 그런데 이왕이면 좀……."

했고, 막내는

"내사 좋더라."

그러자 그의 아내가

"위로 층층인데 역혼(逆婚)이 돼서……."

"그야 형편에 따라서 얼마든지 그럴 수 있잖아."

다음날 십분 전에 H다방으로 나갔다. 아이놈과 선희는 벌써 와 있었다. 둘은 소개만 해놓고 딴 테이블로 가버린다.

소개를 받은 선희 아버지는 첫눈에도 그리 나쁜 인상은 아니었다. 육십 전후, 대머리가 약간 까지고 혈색도 좋고 어느 편인가 하면 스포틱한 형이다.

수인사를 마치고 차와 담배를 서로 권하면서

"아이들을 통해 이야기는 들었으니까 생략하고 구체적인 실천방안만 얘기하는 것이 어떨까요, 아니면……."

"그게 좋겠습니다."

"아이들은, 일체 허례허식 같은 건 없애고 자기들에게 꼭 필요한 것만 준비를 하겠다는데 댁의 생각은 어떠신지?"

"물론 찬성입니다."

"요즘, 시국문제도 있고 하니 결혼비용을 제들에게 맡겨버릴까도 싶은데…… 그러자니 몇 집 되지는 않지만 다 그대로 사는 형편인데 너무 무관심하고 초라한 것도……."

"그건 댁에서 알아서 하십시오. 솔직히 말해서 전 가난할 뿐 아니라, 속담에 불만 차고 장가가는 셈이니깐요. 그리고 시골 벽지에서 아무짝에도 쓸모없는 다만 한낱 장식품에 불

과한 사치품 대신 아이들 말대로 농기구 하나라도 장만하는
것이 옳지 않을까 합니다만……."

"물론이죠. 그래서 계집아이도 결혼비용을 몽땅 제게 주면
제들이 요량껏 하겠다는군요."

"그러니까 재래식 형식 같은 건 피차간 양해만 있다면 일
체 그만두기로 합시다."

"좋습니다. 실상은 그 점을…… 결례가 되더라도 그 점을
양해해주시면……."

"이쪽에서 드리고 싶은 얘깁니다. 여부가 있겠습니까."

"암튼 수일 내로 한 번 더 만나뵙기로 하겠습니다."

"그럽시다."

그러고는 헤어졌다.

이러한 경위를 듣고 난 그의 아내는

"그래도 여보, 살림이라고 내주는데 자잘구레하니 드는 것
은 다 들어야 하잖소. 당신은 너무 간단하게만……."

그러고는 한숨을 내쉰다.

"그런 것 너무 신경쓸 필요없소. 그런 살림살이에 관한 것
은 딸자식을 가진 부모네들이 더 걱정일 거요. 그렇다고 해서
전적으로 무관심할 수야 없지만……."

"그래도 그렇잖소. 적어도 혼산데 그쪽에서 해야 할 일이 있고 이쪽에서 봐줘야 될 일이 따로 있잖소."

"그걸 누가 모르나. 모든 것은 제들이 알아 할 테니 꼭 필요한 비용만 내라는 거야."

"글쎄, 난 모르겠소."

"그만 잡시다."

그러나 그의 아내는 오래도록 잠이 들지 않는 모양이었다.

사흘 뒤에 사돈에게서 전화가 왔다. 별 긴한 이야기는 아니지만 그동안의 경과도 말씀드리고 싶고 해서 전에 만났던 그 다방으로 나와주시면 좋겠다는 것이었다. 그러자고 해놓고 다음날 H다방으로 약속 시간에 맞추어 나갔다. 사돈은 벌써 나와 기다리고 있었다.

차를 시키고 담배를 붙이면서

"실은 어제 두 사위와 당사자들과 둘째딸(큰딸은 만삭이라 참석을 못하고) 그리고 우리 내외가 일종의 가족회의를 겸해 저녁을 같이 했지요."

"네에."

"그 자리에서 제가 저간의 사정과 경위를 대강 이야기를 하고 네들의 생각은 어떠냐고 물어봤지요. 그렇다고 해서 이미 결정된 사실인데 그들의 의견에 좌우될 건 아니지만 말입니다."

"그래 어떤 의견들입니까?"

"찬성할 리가 있습니까. 왈가왈부 말이 많았지요. 그러나 결국에는 아이들에게 되려 설복을 당하고 만 셈이었죠. 둘째 사위가 좀은 섭섭해하면서도 자개농 한 쌍을 맡겠다고 하니까, 큰사위는 그럼 나는 TV나 하나 사줄까 — 하더군요. 그러자 아이놈들의 말이, 형님들의 호의는 고마우나 전기도 없는 벽지에 TV가 무슨 소용이며, 자개장이 개발에 주석이지 아무런 필요성이 없다고 — 그보다도 차라리 농기구나 작업복이라도 사주는 것이 우리에게는 도움이 된다고 하니까, 큰사위는 한동안 생각을 하다가 그럼 리어카를 하나 사줄까 하자, 작은사위는 나는 그럼 자전거나 한 대 사지 — 이렇게 낙착은 보았습니다만 그러나 둘째사위놈은 막내처제를 무척 좋아할 뿐만 아니라, 큰형과는 나이 차이가 많아 늘 어렵기만 해서 이번 막내동서만은 두어 살 차이니까 친구 겸 좀 만만케 지내려고 했는데…… 하고 못내 섭섭해하더군요. 큰사위는 원래가 사무가형이고 말수가 적은 편인데도,

'물론 학교에서 둘다 학문적으로는 전공인 만큼 우리가 왈가왈부할 게 못 되지만 세상일이란 어디 이론과 실제가 그대로 정비례되는 일이 쉽던가. 그렇게만 된다면야 경제학박사는 다 거부가 됐을 게 아니겠는가. 더구나 실지 경험이 없는 네들의 계획이 뜻대로 될지 어떨지가 문제야.'

'사실이야. 건 형님의 말이 옳아!'
하고 작은사위가 덩달자

'다 알고 있습니다. 그러나 당돌한 말씀입니다만 형님의 이상이랄까, 목표랄까가 가령 은행장에 있고, 작은형님의 목표가 기업의 성공에 있다고 가정합시다. 그렇다면 우리들의 목표는 이상적인 농장을 건설해보자는 것과 뭐가 다릅니까? 성패에 대해서는 형님들이나 우리들이나 결과를 보지 않고는 누구도 보장할 수 없는 것도 마찬가지지요. 사실 그렇습니다. 우리가 실패를 한다고 하더라도 실패할 건덕지가 뭐가 있습니까. 땅 몇천 평이 몽땅 날아가버릴 리는 없겠고, 영농을 위해서 많은 투자를 하는 것도 아니고 단지 우리들의 노력으로써 하겠다는 만큼 노력이 허사로 돌아갈 뿐이겠죠. 그러나 여기에서 취직이나 해가지고 산다고 해서 실패가 없으란 법도 없고 또 월급바치로 남의 일을 해주느니보다는 적잖은 애

로와 난관이 있더라도 내 일 내 장래를 위해서 노력하는 것이 희망과 보람적이 아니겠어요!'

'알겠다.'

'다만, 우리가 생각하는 농원이 어느 정도 실현만 되면 두 분이 노경을 편하게 지낼 처소나 마련하고, 도시 생활에 지친 형님들이 때때로 내려와서 며칠씩 휴양이나 할 수 있도록 해 보자는 것도 우리들의 계획 중의 하납니다만……'

그러고는 저녁을 먹고 헤어졌는데, 딸년의 한다는 소리가 혼사에 쓸 비용을 최소한 얼마쯤 예산을 하느냐고 묻잖아요. 그래서 이런 일이란…… 글쎄 반지 한 개에도 수십 수백만짜리도 있긴 하지만 네가 알다시피 우리 형편이 그리 되냐. 먹고산다는 것도 급급한데…… 글쎄 지금으로서는 오십만 원 정도 준비가 돼 있다, 왜? 그럼 그걸 우리들에게 몽땅 내주시오. 그 한도 내에서 우리들이 알아서 할 테니까요 — 하잖아요."

"그래서요?"

"저도 안사람과 상의 끝에 결국 그렇게 하기로 하고 예금 통장을 내줬지요."

"……"

"그런데 말입니다, 다음날부터 두 놈이 사들인다는 것이 이거 참 가관이거든요. 슬레이트와 각재를 위시해서 흙벽돌 찍는 틀, 농기구, 작업복, 장화, 호스, 비닐, 철사, 톱, 망치, 못…… 이거 뭐 일일이 들 수가 없는데, 지금 제 집은 여관이 아니라 바로 고물상가게가 되고 말았지요. 그런 것들도 신품이 아니고 고물상을 뒤져 사들인 모양인데 그 중에서 신품이라고 보이는 것은 석유곤로와 라디오뿐이 아닌가 싶어요. 라디오는 기상통보나 영농정보를 알기 위해선지 성능이 좋아 뵈더군요. 핫 내 기가 차서……."

그는 그저 고개만 끄덕였다.

"그래서 저는 별 할일도 없고 해서 결혼식장을 물었더니, 그건 벌써 청량리 근방 어느 조그마한 식장에다 예약을 해뒀다는군요. 그럼 양복이나 한 벌 짓자고 성기(成基)놈을 데리고 시내로 나갔죠. 잘 아는 양복점에 가서 맘에 드는 감을 고르라니까, 일년 어느 때라도 입을 수 있는 곤색으로 하겠다는군요. 주인이 이왕이면 기념으로 와이셔츠 한 벌 서비스하겠노라고 감을 고르라니까 흰 걸로 하겠다기에, 목 사이즈를 물으니까 모른다는군요. 그래서 제가, 예끼 놈, 대학까지 나온 놈이 제 목 사이즈를 몰라? 하니까 이놈은 언제 사이즈 맞춰

와이셔츠를 입어봤어야지요, 하고 웃더군요. 양복점을 나오다가 구두도 한 켤레 맞출 양으로 구둣방에 들렀는데, 한사코 맞춤은 않고 기성화 중에서 제 발에 맞는 갈색 가죽구두를 사는구려. 일년에 한두 번 신을까말까 하는 구둔데 뭣 때문에 비싼 것을 맞추겠느냐 ― 는 거죠. 이런 구두쇠놈에게 걸린 선희년도 고생깨나 좋이 하겠구나 ― 아니 이건 농담입니다만 보통놈이 아닌 것 같아요. 한편 흐뭇하기도 하고⋯⋯."

"보아하니 따님은 더 구두쇠던데요!"

"허허허⋯⋯ 그러고, 나오면서 점심을 먹자니까 이놈이 먼첨 중국집으로 들어가서 짜장면 곱빼기를 냉큼 먹어치우고는, 아직도 자잘구레하니 살 것이 많고 선희와 약속시간도 있다면서 을지로 쪽으로 가더군요. 그런데 제가 일부러 사돈을 나오시라고 한 것은 이런 사정과 경위를 말씀드리고, 혹시 너무 인색하다는 오해나 받지 않을까 ― 해서였습니다."

"오해라뇨. 당토않은 말씀. 저는 그놈을 너무나 잘 알고 있기 때문에 되려⋯⋯."

"네, 그렇게 알아주시면 미비가 있더라도 괘념 않겠습니다."

"물론이죠."

결혼식날 아침에 아이놈은 이발과 목욕을 하고 왔다.

아침을 먹고 옷을 갈아입는데 넥타이를 맬 줄 몰라 제 누나가 매주었다. 그러고 보니 아이가 딴판으로 어디 내세워도 별 손색이 없을 만큼 미끈해 보인다.

삼사십분쯤 여유를 두고 식구들과 함께 집을 나섰다. 버스를 기다리다 제 누나가 오늘만은 택시로 가자고 우겨서 식장으로 갔다.

기별도 않은 친척들과 사돈들과 아이놈의 친구들이 나와 있었다.

아이놈이 주례선생에게 인사를 겸해 소개를 시켜준다. 오십이 좀 넘었을까? 과묵하고 소박한 인품이다.

"수고가 많습니다. 인사가 늦어 죄송합니다."

"무슨 말씀을…… 저는 천성이 이런 데 통 관심도 없고 구변도 없기 때문에 혹 제자들의 청이 있어도 거절을 했지만, 애들만은 기꺼이 승낙을 하고 나왔습니다."

이러는데 시간이 됐다고 해왔다.

이래서 예에 따라 간단한 식을 마치고 주례사를 하는데 말이 서툴고 느린데다가 마이크가 또 삐익삑 소리를 내고 해서 잘 알아들을 수가 없었으나 마지막에, 내가 오직 바라는 것은 이 두 제자의 꿈이 이루어지기를 늙은 노인이 손자를 기다리듯 할 뿐이라고 한 것만은 분명했다.

사진은 예식장 전속사진사에게 가족사진 딱 한 장, 그 밖에는 모두 아이놈의 친구들의 카메라로 대신했다.

주례가 돌아가고 아이들이 차에 오르자, 기재(記載)만 하고 세보지도 않은 부조금 봉투를 그대로 묶어 들려주면서,

"온양이나 동래로나 가서 며칠 푹 쉬고, 되도록이면 고향에 가서 선영(先塋)과 몇몇 친척들에 인사나 하고 오너라."
했다.

사돈도 두 아이에게 뭐라고 일러주고 있었으나 귀담아듣지는 않았다.

차가 떠나버리자 그도 사돈도 그저 멍했을 뿐 별말이 없었다. 다음 천천히 만나기로만 하고 그대로 헤어졌다.

그런데, 이날 밤 아홉시쯤 해서 우이동 그린파크에서 전화가 걸려왔다. 아이놈이었다. 말인즉, 온양이고 동래고 그렇게 한가하게 보낼 시간이 없어 오늘밤만 여기서 쉬고 내일 열시쯤 집으로 가겠노라는 것이었다.

다음날 열시가 조금 넘어서야 두 아이가 왔다. 폐백인가 뭔

가 하는 간단한 형식을 마치고는 처가로 간다면서, 오늘밤은 아무래도 처가에서 자야겠고 모레는 떠나겠다는 것이었다.

밤 열시쯤에 전화로, 오늘밤 여기서 자는데, 처갓집 친척들에게 꼭 인사를 가야 한다니까 내일도 집에는 못 들를 것 같다고 한다.

여기는 아무래도 좋으니까 그쪽 사정에 따라 형편대로 하라고 했다.

그 다음다음날 아침 아홉시쯤 해서 작업복으로 갈아입은 아이놈이 헐레벌떡 달려와서,

"지금 떠납니다. 시기가 시긴 만큼 하두가 급해서요. 선희도 하직인사를 하러 오겠다는 것을 내가 양해를 구할 테니 장인하고 먼첨 차부(고속터미널)로 나가라고 했어요. 장인이 기어코 같이 가보겠다고 나서는데 할 수 없이 버스로 보내고 저는 트럭으로 가기로 했어요."
하고는 둘러선 식구들에게

"자주 소식이 없더라도 무소식이 희소식으로 알아. 지금이 벌써 삼월달이니까 하루가 급한 때라서……."

그러고는 농구화끈을 조여맨다. 막내딸년이,

"아무리 그렇지만 너무하다 이야, 그치 언니……."

하고 제 언니를 쳐다보자 제 언니는,

"사산도깨비한테 걸린 올케도 고생깨나 하겠군. 가는 대로 엽서라도 보내."

제 어머니는

"차가 어딨어? 실을 짐이 있는데……."

하고는 보따리, 궤짝, 가방, 항아리 몇 개를 부산히 마당으로 들어낸다.

"이건 묵은 짠지다. 그러고 이건 고추장…… 깰라, 조심해……."

"내게 관한 건 따로 챙겨둬요, 이담 씨앗과 여러 가지 볼일이 남아 선희가 오든지 내가 오든지 할 테니깐요."

등산모 비슷한 모자를 벗고는 그를 향해 꾸벅하고는

"안녕히 계시소."

하자

"응, 모든 걸 조심해서 차근차근 해라."

고 태연한 척하긴 했으나 몹시 착잡한 심정이었다.

골목 밖 큰길가에는 트럭이, 이건 꼭 이삿짐차였다 — 가 식구들이 들고 나간 짐들을 여기저기 틈바구니를 찾아 쑤셔 넣고 있다. 제 어머니는 운전수에게도 항아리를 조심해달라는 부탁을 하고 또 하는데 이놈은 모자를 한 번 흔들어 보이고는 운전대 옆자리에 올랐다.

이래서 차는 떠났다.

한 일주일 뒤에 사돈에게서 기별이 오고 예의 다방에서 만났다.

다녀온 사돈의 이야기는 한말로 실망적이었다. 즉, 선배라는 ×씨네 아래채를 빌려 우선 짐을 대강 들여놓기는 했으나 워낙이 소잡아 부엌, 방 할 것 없이 밖에 둘 수 없는 자잘구레한 짐들을 들여놓고 보니 제대로 발을 뻗고 누울 자리조차도 없어 자신은 군용침대를 들여 그 위에서 자고 아이들은 침대 밑으로 나란히 발을 뻗어넣고 자야 할 판이니 말씀이 아니죠. 문살만 번하면 나가 우선 ×씨네 '뼈다귀만 남은' 온상을 빌려 비닐을 씌우고, 날품으로 일꾼과 소를 사서 밭을 갈고, 삽에다 새끼를 걸어 딸년은 당기고 사위녀석은 삽질을 하고, 밤에는 온상 안에다 모닥불을 놓고 리어카로 진흙을 실어다 이겨서 흙벽돌을 만들고…… 이거 도무지 보기가 민망하고 딱해서…… 그러니 끼니나 제대로 해먹겠어요. 우선은 여기서 가져간 걸로 해서 석유곤로에 밥이나 끓여먹기는 하는

데……. 그래서 이럴 것이 아니라 급하고 힘겨운 일은 일꾼들을 몇몇 더 사서 해버릴 양으로 ×씨에게 의논을 해봤더니 ×씨 말이, 요즘 일꾼 한 사람 얻기가 여간 어렵지 않다고 ― 더구나 여기는 좀 색다른 사람이 오면 품삯도 더 달라고 하고 또 서로 눈치를 살피고 하면서 선뜻 와주지 않는…… 즉 배타심이 좀 센 곳이라고 ― 그러면서 웃기만 하더라는 것이었다.

그는 사돈의 말만 듣고도 환히 눈앞에 보이는 것 같았으나 그저 덤덤한 표정으로 듣고만 있었다.

"그렇다고 해서 제가 벗고 나가 거들어줄 수도 없고 (통 그런 일을 안 해봤으니까) 그래서 그만 올라와버렸지요."

"둬두세요. 너무 걱정하실 것 없습니다."

"글쎄올시다. 사돈이 직접 한번 보신다면……."

"저도 형편 봐서 한번 가볼 생각입니다만……."

"젤 걱정이, 저러다 건강이나 상하면 어쩌나 하는 것이…… 거기서는 삼십 리를 나가야 병원이 있으니까요. 암튼 여기 일을 좀 봐놓고 다시 내려가봐야 하겠습니다."

"암튼 수고가 많습니다. 그러나 너무 초심 마세요. 그놈들은 그놈들대로 짐작이 있을 테니까요."

"글쎄올시다."

한 달쯤 뒤에 사돈은 다시 또 다녀온 모양으로 전화로 연락
이 왔다.

역시 H다방에서 만나 저간의 경위를 들었다.

— 아직도 설마른 흙벽돌로 겨우 방 두 칸, 부엌 한 칸을 ㄱ
자로 쌓고 슬레이트로 덮기는 했으나 비가 잦고 벽이 마르지
않아 신문지로 초배만 하고 대강 짐을 옮기기는 했는데, 미처
챙을 못해 비바람이 마구 쳐서 벽에는 곰팡이가 피고…… 게
다가 병아리 50마리와 양새끼 한 마리, 노 오리새끼까지 열
마리를 사와서 날이 갈수록 밭일은 더 손이 가고 바빠서 집안
이 영 적지라니까요. 그런 중에도 더 급한 게 아래챈데(축사,
광방, 퇴비장을 겸한) 낮에는 틈이 없고 역시 밤에만 찍은 흙
벽돌이 천여 장이나 될까? 그런데 아이들 꼴이 말이 아니고
제가 보기에는 저러고도 견뎌낼까가 의문이더라고.

"그래 먹는 건 어떻습니까?"

이때서야 사돈은 비로소 웃으면서,

"참 희한한 일은, 밥은 쌀·보리·콩·조, 이런 잡곡밥인
데 ×씨네 온상재배인 불상추, 풋고추, 호박, 호배추며 이런

것들이 어쩌면 그렇게 구미에 당기는지 여기에서보다 배나
식욕이 나거든요. 사람의 입성이란 참 이상하더군요. 그리고
아이들의 식욕이 왕성한 데는 놀랐습니다. 그러니까 그런 중
노동을 하고도 견디나 보지요. 핫, 내 원……."

　그뒤, 그러니까 벌써 5월 중순께나 됐나보다. 아이놈에게
서 첨으로 봉투편지가 왔다. 내용인즉, 아래채를 짓기 위해
흙벽돌을 이천여 장이나 찍어 말리는 참인데 라디오만 믿고
그대로 두었더니 한밤중에 폭우가 쏟아져 허사가 되고 말았
다, 다시 찍자면 반달 이상은 걸려야 하겠고 또 시기를 놓칠
수 없는 농장일 때문에 여간 타격이 아니며 예산도 어긋나 여
간 당황하지 않을 수 없는 형편에 놓여 있다, 할 수 없이 도움
을 좀 받아야 파격적인 노임을 주더라도 일은 서둘러야 되겠
고 해서 기별을 보내니 한 5, 6만원만 도와주되, 돈이 마련되
는 대로 우송은 말고 — 여기는 벽지라서 우편이 빨라도 4, 5
일, 또 환금하는 데도 하루가 소비되고 게다가 여기 사람들은
수표 같은 것은 잘 받지도 않으니 그것도 현찰로, 되도록이면
100원짜리로 해서 아버님이 직접 내려와주었으면 좋겠다, 직
접 내려오게 되면 하루 만에 올 수가 있고 또 우리들이 하는

일과 꼴도 한번 보는 게 좋지 않겠느냐 — 는 것이었고, 그새
도 장인은 여러 번 다녀갔다는 것이었다.

이런 편지를 받고 보니 사돈 말마따나 너무 무관심할 수도
없어 부랴부랴 서둘러 다음날 아침 첫차로 떠나기로 하고는
아이놈에게 지급전보를 쳐놓았다.

밤에 잠을 설랜 탓인지 머리도 좀 무겁고 날씨마저 우중충
해서 좀 언짢은 기분이었다. 게다가 그의 아내가 또,

"여보, 안사돈의 말을 들어보니 아이들의 꼴이 말이 아니
고 고생이 이만저만이 아닌 것 같더라고 두 번이나 전화를 했
어요. 더구나 딸자식뿐인 사돈으로시야 디놓고 말은 않지만
여간 불만이 아닌 것 같습디다. 당신이 가보고 웬만하면 그만
거둬오도록 해봐요."
해서 더욱 우울했다.

"거둬오라니…… 그런 씨까먹은 소리 두 번도 말아. 뭘 안
다고……."

그러고는 집을 나섰다.

첫차가 몇 시에 있는지는 모르나 초행길이기 때문에 되도
록 일찍 떠날 참이었다.

D고속터미널에 닿아보니 첫차는 벌써 떠났고 두 번째 표

를 샀다. 전주까지 세 시간여, 도중에서 비가 오기 시작했다. 전주에서 점심을 먹고 부안까지 두어 시간, 부안서 다시 바꿔 타고 종점까지는 시간 반 정도, 변산(邊山)해수욕장을 거쳐 가는, 포장이 안 된 시골길이라 차가 들까불러 궁둥이가 제대로 앉지를 못했다. 게다가 목재, 가마니, 시멘트푸대, 보따리, 생선광주리 해서 이건 버슨지 화물찬지 분간이 없었다. 이런 경우 구태여 시골이 아니더라도 차내 질서니 얌치 같은 것은 바라는 쪽이 되레 얌치없는 노릇이었다.

어떤 중년부인은 본의 아니게 옆사람에게 밀려 옆자리에 앉은 중년사내의 어깨쯤에 얹히듯 했다. 사내는 상대가 여자라 후줄그레하니 비 맞은 옷에서 풍기는 퀴퀴한 냄새도 견딜 대로 견디다가 끝내는,

"이보소, 이 뒷간 좀 비키라요."

하자, 차내 사람들이 와그르르 웃는다. 여자는 좀 무안했던지 궁둥이를 돌리면서

"여보, 낫살깨나 먹은 양반이 해필이면 '뒷간' 이 뭐요!"

그러나 사내는 능글맞게,

"아 띵이 들었신께 뒷간이지 뭐란가. 그럼 화장실이라고 해야 좋당가."

해서 또 한 번 차내가 떨썩하도록 웃었다. 그도 웃지 않을 수 없어 한참 웃고 나니 뭔지 우울증이 좀 가셔지는 것 같았다.

종점에 닿았으나 의당 기다리고 있어야 할 아이들이 보이지 않는다. 혹시 전보가 제대로 들어가지 못했을까, 하고 이리저리 살피다가 잡화점에서 지우산을 하나 사는 참인데

"아버지!"

하여 돌아다보니 아이놈이 낡은 밀짚모자에 우장을 하고는 바지게를 얹은 지게를 지고 섰다. 아닌게아니라 이건 바로 시골 머슴 그대로였다.

"……."

한 시간 전에 나왔는데 차가 한 30분 늦어진다기에 면에 가서 비료를 받아왔노라고 ─ 그러고는

"가십시더!"

하고 앞을 선다.

그는 사돈을 통해 들은 예비지식이 있기 때문에,

"아니, 가만…… 여기 생선공판장 같은 게 없냐? 뭐 찬거리라도 좀 사가자고."

"그렇지 않아도 좀전에 가봤어요. 요새 날씨가 나빠서 배가 나가지 않고 쭈거미(문어같이 발이 긴)만 있기에 한 꿰미 사

갑니다!"

했다.

언덕비탈을 해서 질벅거리는 논두렁 사잇길을 질러 좋이 오리 길이 될까?

"아니, 리어카나 자전거를 두고 왜 하필이면 지게냐?"

"리어카나 자전거는 논둑길로 몰 수가 없잖아요. 그뿐 아니고 여기 땅은 진득진득해서 비나 오는 날에는 되려 지게가 편해요!"

한다.

못〔貯水池〕둑이 앞을 가로막는다. 둑을 왼켠으로 돌아 야산비탈을 조금 지나자 시꺼먼 개간지가 나타나고 한가운데 슬레이트집이 보인다.

아이들의 집이었다. 며느리가 장화를 신고 뛰어 마중을 나왔다.

개간지는 보기에 3분의 1 정도가 잔돌이고 점토질이었다.

마당에 들어서 보니 사돈 말대로 그야말로 귀신떡당새기였다. 흙벽돌더미, 나무토막, 비닐조각, 슬레이트, 농기구, 호스, 양, 개, 닭, 오리 발자국, 도시 어수선해서 발 들여놓기가 주저스러웠다.

방도 신문지로 두어 번 초배만 했고, 벽에는 이 구석 저 구석에 곰팡이가 폈다. 방바닥은 그래도 불을 지피기 때문에 습기가 없고 훈기가 있다.

며늘아이가 담요를 접어 깔고, 옷이 젖었으니 갈아입으라면서 아이놈의 것인 듯 아직 한 번도 입지 않은 잠옷 한 벌을 내놓고 부엌으로 들어간다. 아마 저녁 채비를 할 모양이었다.

방 두 개가 다 작은 편은 아니나 한 방은 고물상 창고같이 들어설 틈바구니조차 없고 농기구 등속과 땔나무로 해서 부엌도 어지러웠다.

제들이 쓰고 있는 방에는 의롱과 궤짝 등 일상용 가구로 찼고, 기거할 수 있는 여지라고는 평 반이나 될까?

아이놈은 그의 신발을 종이를 깔아 들여놓고 밭을 한 바퀴 돌아보고 오겠다면서 우장을 하고 삽을 메고는 집 뒤로 올라갔다.

날씨 탓인지 으스스하니 춥다. 며늘아이가 재떨이와 성냥을 갖다놓으면서, 불만 때면 방은 고루 덥는데…… 하고 비로소 시가식구들의 안부를 묻는다. 원래가 그리 자별나게 인사성이나 애교가 없는 아이다.

"고생하는 줄은 알고 있었지마는 직접 와보니까 상상하던 것보다 더 말이 아니군."

그러나 며늘아이는 웃으면서

"고생은 이미 각오한 일이고 또 우리들로서는 고생을 체험과 재미로 아니깐요."

"그러나 사돈은 여기를 다녀올 때마다 실망이 이만저만이 아니던데……."

"아버님은 농촌생활을 무슨 덴마크나 호주 같은 관념으로만 생각하시는 모양 같아요. 오시기만 하면 그저 안절부절 돈이나 뭉청 들여서 빨리 해치웠으면…… 하는 생각만 하시다가 그만 가버리시곤 합니다. 실상은 이런 아버님을 볼 때 저희들이 더 딱합니다."

그러고는 시장하실 텐데…… 하고 부엌으로 나간다.

"괜찮아. 천천히 해."

방이 훈훈해온다. 모로 누웠다. 팔다리가 시원하면서도 아릿하다.

어디서 휘슬을 부는 소리가 들린다. 뭔가, 하고 내다보니 아이놈이 돌아와서 목에 건 휘슬로 앞 방죽을 향해 휘르르르휘르르 불고 있다. 그러자 이 휘슬 소리를 듣고 방죽에서 놀던 오리새끼들이 꿸꿸꿸꿸 하고 일렬종대로 올라왔다. 오리새끼 — 새끼라지만 중오리는 돼 보였다 — 가 다 올라오자 아이놈은 모이통을 닭장 같은 우리 속으로 들여주고 문을 잠갔다. 오리는 열 마리가 다 흰색이었다. 이 열 마리 오리가 한 모이통에 주둥이를 서로 비비대고 어떤 놈은 딴 오리 등에 올라서기까지 하면서 모이를 먹고 있는 꼴을 한동안 들여다보고서야 아이놈은 우장을 벗고 손을 씻고 방으로 들어왔다.

"어떤교, 방이 더워와요?"

이놈은 서울 표준말을 별표 없이 쓰면서도 식구들이나 그에 대해서는 고향 사투리를 섞어쓰기를 잘 한다.

"응, 방은 고루 불기가 드는 것 같은데…… 어때, 밭농사는……?"

"올해는 장마가 일찍 들어 봄채소는 아무래도 실패할 것 같아요!"

"……."

"경사가 심한 밭이라 얕게 묻은 씨앗은 비에 떠내려가 버리고, 좀 깊게 묻으면 싹이 나지 않고…… 벌써 세 번째 뿌린 씨앗도 있어요."

그러고는 라디오 다이얼을 돌렸다가는 꺼버리고 창문 밖으로 고개를 내밀어 하늘을 쳐다보고 — 이놈의 날씨가 사람 꼴

탕먹이네 참! 조금 전에는 서쪽켠이 좀 트이는 것 같더니…… 아이 참 속상해서…… 하고는 부엌을 향해
"저녁 아직 안 됐나?"
한다.
"아니 뭐 그리 서둘 건 없다. 저 가방 이리 좀 줘봐."
그는 가방 속에서 신문지로 싼 돈을 꺼내가지고,
"옜다, 오만 원이다. 반은 오백원짜리고 반은 백원짜리다."
아이놈은 신문지를 펴보고는 암말도 없이 그대로 싸가지고는 궤 속에 넣고 자물쇠로 잠가버리고는 집안 소식을 이것저것 묻는다.
"그동안 장인이 세 번이나 다녀갔는데 뭐라고 안 합디까?"
"왜, 갔다오면 전화 연락을 하고 만나서 여기 소식을 전하는데 언제나 실망적이지."
"그럴 겁니다. 보시다시피 잠자리며 끼니며가 형편없고 제들이 노동하는 꼴이 딱해서 안절부절못하시다가 가버리곤 하시니깐요."
"아닌게아니라 나와는 생각이 좀 다르고, 원래가 별 굴탁 없이 자란 사람이라 그런 생각도 무리는 아닐 것 같아, 내가 봐서도 말야."

저녁상이 들어왔다. 불그레한 잡곡밥인데 찬은 풋김치와 풋고추와 풋마늘, 파를 듬뿍 썰어넌 쭈거미찌개와 고추장인데도 구미가 당긴다. 기껏해야 밥 한 공기 정도의 식량인데 이날은 거의 두 공기나 먹혔다. 사돈도 그런 말을 했지만 이것 좀 생각해볼 일이었다. 그보다도 아이들의 식욕에는 놀라지 않을 수 없었다. 아이놈은 양은주발로 고봉을 먹고도 솥바닥을 샅샅이 긁었다. 쭈거미 반 냄비도 핥은 듯 비워버렸다.

"얘, 너 그러다가 위 확장되겠다."

그러나 아이놈은 웃으면서

"그래도 몇 시간만 지내면 고구마라도 먹지 않고는 못 배기는걸요."

"찬은 오늘처럼 쭈거미라도 없으면 순 채소만 먹는가?"

"그런 거 사러갈 시간도 없거니와 찬이 문제가 아니라 양이 문젭니다. 뭘 먹어도 맛이 있으니까요. 찬 같은 거 맛이 있느니 없느니 따위는 생각해본 적도 없습니다."

"그래도 그런 중노동을 하느니만치 때때로 돼지고기나 생선마리라도 사다 먹어라."

"아버님은 여기 사람들의 식생활을 아직 모르시니까······ 그에 대면 우린 그래도 우거지찌개에 멸치마리라도 넣어 먹

고 가져온 미역국도 간간 먹습니다만, 일? 생선장수가 와도
일손을 놓고 흥정을 하고 돈을 치르고 할 시간이 없어 그대로
보내곤 하는데요 뭐."
　며늘아이는 상을 물려내고 아이놈은 또 라디오 다이얼을
돌려 기상통보를 들어본다.
　그는 담배를 붙이고
　"양이 있다면서."
　"있어요, 뒤 처마 밑에 매뒀어요."
　"젖양인가?"
　"예!"
　"크냐?"
　"중치쯤 됐는데 먹이가 좋아서 잘 커요."
　"몇 달이면 젖을 짜나?"
　"아무래도 일년은 돼야죠."
　"한참 귀여울 때군."
　"보기에는 참 귀엽지요. 그리고 마치 유순의 상징처럼 불
리지만 실상은 양같이 또 성질이 괴팍한 놈도 없어요."
　"왜?"
　"몰면 모는 대로 고분고분 따르지 않고 옆길 옆입질을 하

고, 가령 나뭇잎을 따먹어도 아랫잎을 먹지 않고 위엣것을 따먹고, 벽에 걸린 우거지도 발돋움을 해서 위에서부터 먹고…… 좌우간 고약합니다."

"근데, 오리는 휘슬로 부르나?"

"오리도 그래요. 방죽에 떠 있을 때는 참 귀엽고 아름답죠. 그런데 첨 여기에 왔을 때부터 오리를 길렀으면 참 좋겠다고 했는데요, 그러나 막상 길러보니까 이놈같이 또 말썽꾸러기가 없거든요."

"건 또 왜?"

"어릴 때는 물에 가서 잘 놀고 또 올챙이벅이가 많아 크기도 잘 커요. 그런데 중오리가 되고부터는 올챙이도 없고 하니까 잘 놀다가도 방죽 건너켠으로 올라가서 남의 곡식을 먹어버려요. 보리, 콩, 팥 할 것 없이 닥치는 대로 먹거든요. 더구나 이놈은 닭과는 달리 쪼아먹는 게 아니고 훑어먹거든요. 또 발이 넓적해서 밟으면 어린 싹수는 모조리 대궁이가 부러져버려요. 그러니까 동네사람들은 오리가 질색이고 장대로 마구 두들겨 잡을 듯이 욕설을 하곤 해요. 농사를 지어먹는 사람들로서야 당연하죠. 그래서 이놈들이 건너갈 시간쯤 됐다 싶을 때 내려가서…… 닭 같으면 구우구 하고 부르지만 오리는 없잖아요, 그래서 휘휘 휘파람을 불면서 모이를 쬐금씩 주고 불러올려요. 올려서는 장 속에 가두고 모이통을 들여주지요. 닭이 먹는 거면 다 먹어요. 이래서 몇 시간 가둬두면 또 물에 가고파서 꿸꿸거리고 시끄러워서 문을 열어주면 일렬종대로 물에 가서 잘 놀아요. 그러다가 오후 너댓시쯤 되면 또 건너편으로 올라가고…… 그러면 또 불러와야 하고, 이거 여간 귀찮잖아요. 그러는 동안에 휘파람 소리만 나면 모여오고 앞서가면 뒤따라와요. 그런데 휘파람 소리가 들리지 않을 만치 먼 거리거나 할 때는 일부러 내려가기가 귀찮아서 휘슬로 바꿨지요. 상당히 먼 곳에서도 휘슬만 불면 올라와요. 근데 한 가지 가관은 서로 앞을 다퉈 오는 게 아니고 일렬종대로 질서정연하게 선두를 따라오고 가고 하지만요, 보기보다는 달라요. 내년에는 그만둘래요. 그 대신 병아리를 좀더 까일까 해요. 여름철 변산해수욕장의 고객을 상대로 때를 맞춰서 말입니다. 그러니까 알이 문제가 아닌 영계 위주의 잡종이 병에도 강하고 지식이 없어도 되고 여러 가지로 유리할 것 같아요. 단 문제는 사룐데 사료를 사다 먹이면 타산이 맞지 않아요. 그래서 어떻게 자가사료만으로 되면 괜찮겠는데 그걸 연구 중이에요. 그래서 위선 박토에는 호밀을 좀 심고, 여름

동안에 녹사료(綠飼料)를 넉넉히 준비를 해둬야 하겠는데 손
이 모자라서……."

"그렇겠군."

"그러니까 일이 끊기고 손이 날 틈이 있겠어요. 한 손을 열
개로 노놔쓰고 싶은데……."

또 라디오 스위치를 넣고 일기예보를 듣는다. 예보가 끝나
자, 사람 미치겠네! 하고 스위치를 꺼버린다.

"얼핏 보아하니 옆집이 바로 네가 말한 선배의 농원 같은
데 틀이 탁 잡히고 아주 정연하더군."

"그런요. 밖에서보다 안에 들어가보면 거의 이상적이에
요."

"일손도 많겠고…… 머슴도 있겠지 물론……."

"지금도 두 내외뿐인걸요. 급할 때 날품으로 사다 쓰지 머
슴을 데린 적은 한 번도 없대요."

"원래부터가 두 내외뿐인가?"

"아니죠. 큰아들은 군에 입대 중이고 작은아들은 서울 연
대에 다녀요. 딸이 하나 있었는데 출가를 했구요. 일손이 급
할 때는 간간 와서 거들어주기도 하고 채소랑 과일 같은 것도
가져가기는 합디다만 순전히 두 분의 노력으로써 쌓올린 거

죠. 저만한 농원을 가지고도 그 두 분의 노력하는 것을 보면 일하기 위해서 세상에 나온 사람들 같아요. 먹는 것도 그렇고 입는 것도 그렇고…… 일을 하지 않으면 병이 난대요. 문살만 번하면 전날 밤에 미리 마련해둔 리어카를 끌고 K읍까지 갖다 내고 와요. 주로 채소와 과일이지만…… 그러니까 한이웃에 살면서도 서로 얼굴을 대하는 것이 어떤 때는 사흘에 한 번 정도고, 상록순가 뭔가 하는 상을 탄 것을 지금도 후회해요."

"왜?"

"생각해보세요. 걸핏하면 도에 나오라, 군에서 나오라, 어디 와서 이야기를 해라, 무슨 모임에 참석을 해라…… 그러니 밀짚모에 작업복 그대로 나갈 수도 없어 양복을 입고 넥타이를 매고 구두를 신고…… 이거 도무지 견딜 수가 없다구요. 그뿐인가요, 일은 바빠 죽겠는데 어디서 시찰을 온다, 어디서 견학을 온다 ― 해서 시간을 앗기지요. 그래서 어떤 때는 어느 날 어디서 누가 온다든지 하는 기별을 알기나 하면 지게를 지고 산으로 나무를 가버리곤 해요. 암튼 진짜 농인(農人)이에요."

"허음…… 인사를 가얄 텐데……."

"그렇잖아도 아버님이 오신단 말을 듣고 인사를 오시겠대
요."

"아냐, 내가 가야지."

"암튼요, 무섭다기보다도 신념의 농인이에요."

"그래, 넌……."

"저러한 선배가 있다는 것이 자랑스럽고 신세도 신세지만
배우는 게 많아요."

며늘아이는 옆방에다 군용침대를 들여 제 잠자리를 만들어
놓고 삶은 고구마 소쿠리를 들고 들어왔다. 옆 K선생 댁에서
반 가마턱이나 보내왔다는 것이다.

그는 겨우 한 개를 먹었는데 아이들은 물도 안 마시고 잘도
먹어댄다.

열시나 됐을까? 며늘아이만 옆방으로 가고 아이놈과 그는
같이 자기로 하고 가지런히 누웠다.

아이놈은 자리에 들자마자 푸우푸, 코를 불고 잠에 곯아떨
어졌다.

몇시나 됐을까? 한밤중인데 갑자기 개가 짖고 꿰에 ― 하
는 소리가 나기에 그는 아이의 어깨를 흔들었다. 아이놈은 눈
을 뜨고 귀를 기울이더니만 벌떡 일어나서 전지를 가지고 밖

으로 뛰어나갔다. 며늘아이도 뛰어나온 모양이었다. 한동안 뒤에 아이놈은 오리 한 마리를 안고 들어왔다. 램프를 켜고 보니 대가리와 목이 피투성이다. 살쾡이가 물고 가는 것을 빼앗아왔다고 한다. 그러나 오리의 상처는 거의 치명적이었다. 아이들은 약상자를 내려와서 소독을 하고 약을 바르고 붕대로 감고 해서 방구석에 놓아두었다. 오리는 꼭 솜뭉치같이 옆으로 쓰러져 있었다.

다음날 아침에 보아하니 오리는 결국 죽어 있었다. 이것을 며늘아이가 닭 장만하듯 물을 끓여 털을 뽑고 해서 반쪽을 K 선생 댁으로 보내고 반을 볶았는데 닭보다는 아무래도 맛이 못했다.

일본에서 친구를 따라 '가모야키'라는 대중식당에서 딱 한 번 오리고기를 먹어본 적이 있다. 지금 기억으로는 대꼬치에 고기 한 점을 꿰고 그 다음엔 파 한 토막을 꿰고 또 살점을 한 토막 해서 이렇게 한 꼬치를 꿰가지고 양념을 발라 숯불에 구웠는데 그때는 꽤 먹을 만했다. 같은 오리고기도 요리에 따라 맛이 영 달라지는 모양이었다. 그러나 아이들은

"병아리를 한 마리 잡으려고 했는데…… 맛이 어때요?"

"응, 괜찮아!"

　그러면서도 차라리 푸성귀들이 구미에 당겨 밥을 공기 반이나 먹었다.

　이날도 비가 질금거렸다. 그런데도 밭에 나갔던 아이들은 한나절이나 돼서야 돌아왔다. 며늘아이는 푸성귀를 한 소쿠리 담아왔으나 아이놈은 날씨를 대고 욕지거리까지 하면서 투덜거렸다.

　점심을 먹고 ─ 불상추가 한창 먹기 좋았다 ─ 아이놈은 일꾼 때문에 C촌까지 갔다오겠다면서 나가고, 며늘아이는 나무 모종을 옮긴다면서 밭으로 올라갔다.

　"얘, 그 휘슬 닐 두고 가. 시긴 되기돈 오리는 내가 몰아널게."

하고 휘슬을 받아두었다.

　비는 여전히 질금거리나 방이 훈훈해서 낮잠자기에 꼭 좋았다. 그는 어느새 잠이 들었다.

　아차 하고 깨보니 벌써 네시가 조금 넘었다.

　그는 곧 방죽으로 내려가 휘슬을 불었다. 과연 오리놈들은 경주나 하듯이 반은 날고 반은 헤엄질로 해서 둑으로 몰려왔다. 그러나 일단 둑에 올라와서부터는 선두가 앞에 서고 그 다음 일렬종대로 적당한 간격을 두고 정연히 결코 서둘지 않고 꿸꿸꿸 — 하면서 때뚝때뚝 다가왔다. 그는 모이통을 보이면서 뒷걸음질을 하는데, 이놈들이 2미터 가량 가까이 다가와서는 걸음을 딱 멈추고 목을 꼬고 대가리를 좌우로 기울여가면서 바라보기만 한다. 모이낱을 던져줘도 먹을 생각은 않고 바라보기만 하다가 결국에는, 뒤로 돌아갓 — 하고는 다시 방죽쪽으로 내려가기 시작한다. 아무리 휘슬을 불어도 들은 척도 않는다. 며늘아이에게 알리나 어쩌나 하는 참에 마침 무슨 연장을 가지러 내려온 며늘아이를 불러 휘슬을 돌려주고
“나는 따라오지 않아. 오리도 낯설이를 하는가봐.”
했다.
며늘아이는 휘슬을 불고 오리를 몰아왔다. 모이통을 들여놓고
“아버님, 오리장 문을 좀 잠가주세요.”
하고는 무슨 모종을 한 움큼 쥔 채 다시 또 밭으로 올라가버렸다.
오리는 역시 질서정연하게 올라와서 모이통에 주둥이를 처넣고 모이를 먹었으나 그는 — 어쩔까? 그가 나가면 이놈들이 또 방죽으로 내려가버리지나 않을까 해서 망설이다가 아이들이 돌아올 때까지 그만두기로 하고 라디오에 스위치를

넣고 뉴스를 듣고 있었다.

해가 거의 다 졌을 때쯤 해서 며늘아이가 돌아왔다.

부엌으로 들어간 며늘아이가

"이것들이야……."

하기에 방문을 열고 내다보니 오리놈들은 모이를 다 먹어버리고는 부엌으로 들어가서 쌀이고 보리쌀이고 콩이고 할 것 없이 닥치는 대로 모조리 다 먹어치우고 심지어는 우거지찌개 남은 것, 김치까지 먹어치운 모양이었다.

이놈들은 밖으로 쫓겨나오면서 매운 것을 먹었는지 목을 비꼬고 대가리를 마지, 넘씌운 물을 뿌려 털듯이 부르르 떨고 도리질을 하는 놈도 있다. 그런데도 며늘아이는 오리들을 장 속으로 몰아넣고 문을 닫아걸면서

"다 먹어치웠는데 뭘 또……."

했을 뿐 별말이 없었다. 그는

"내가 가두려니 말을 안 듣더라. 그래서 네들이 오기를 기다렸는데 그새 이놈들이 절단을 낸 모양이군!"

그러나 며늘아이는

"뭐, 늘 있는 일인데요!"

하고 태연했다. 아이놈의 말마따나 보기보담은 여간 말썽꾸

러기가 아니었다. 여섯시나 돼서야 아이놈이 돌아왔다.

"이놈의 날씨 때문에 망하네, 망해."

하고는 자전거를 부엌으로 들여놓고 방으로 들어왔다. 잔뜩 부은 얼굴이다.

"어떻게 됐냐, 간 일은……?"

"날씨가 이래서 바다로 나가지 못하는 사람이 있기는 있는데 품삯을 글쎄 배나 달라잖아요. 뿔따구가 나서……."

"그래서?"

"그 때문에 여태껏 승강이를 하다가 여느 때보다 3분의 1을 더 주기로 했지요. 이쪽이 급하니 할 수 있어야죠."

"나무와 시멘트와 슬레이트는 있던가?"

"재목상도 날씨가 이러니까 일이 없고 놀고 있잖아요. 각목과 판자 몇 개부로 일을 시작할 수는 없고 하니 딴 일하고 겸해서 해가지고 딸딸이로 실어다주기로 했어요."

"……."

"거기도 생선이라곤 세갈치(잔갈치)밖에 없어 한 묶음 사 왔는데 뭘로 해드릴까요?"

"아무래도 좋다. 며늘아이가 알아서 하겠지. 잔갈치는 굽는 것보다는 지져서 국물이나 먹는 게 좋잖아."

그러자 아이놈은 부엌에다 대고 그의 말대로 일러놓고

"모종 어떻게 다 옮겨졌나?"

"옮겼어요!"

"채소는 아무래도 싹수가 틀렸지?"

"그나마도 비가 두들겨서 어린 싹수는 모두 멍이 들었으니……."

온상에서 모종을 낸 게 아니고 그대로 뿌렸는데 그래도 될 성싶더니 이놈의 장마가 들어서 햇볕을 못 보니…… 호박, 가지, 고추 이런 것도 꽃은 피고 맺어도 매개(媒介)가 안 되니 그대로 그만 썩어 떨어져버리니 올봄 채소는 완전히 실패야. 정말 속상해 죽겠네."

하고는 또 라디오 스위치를 넣는다. 그러나 이내 스위치를 꺼버리고는 또 밖을 내다보고 이리저리 하늘을 살핀다.

그는 안절부절못하는 아이놈의 꼴을 보다못해

"야, 너 자연현상에 그렇게 짜증을 내고 신경질이면 어떡해. 너만 당하는 것도 아니고 또 인위로는 어쩔 수도 없는 일이 아닌가. 넌 입버릇처럼 실패, 실패 하지만 인간생활에는 실패가 따르기 마련 아닌가. 성공보다는 실패가 더 많잖아. 실패니 성공이니 하는 것은 인간이 '생활'을 하고 있다는 증

좌가 아닌가. 생활이 있기 때문에 실패도 성공도 있는 거야. 그저 동물적 생존에야 무슨 실패나 성공이 있겠냐. 그렇잖아? 그런데 실패 그 자체는 그리 큰 문제가 아냐. 그 실패를 다시는 되풀이 않는 지식이, 체험이 더 큰 문제라고 나는 생각해. 내 말 알아듣겠냐?"

"그건 그런데……."

"이봐, 이런 이야기가 있다. 청상과부가 아들 둘을 길렀는데, 두 아들이 성년이 되자, 큰아들은 삿갓〔農笠〕을 절어 생계를 하고, 작은아들은 뜨내기 소금장수였지. 그런데 이 늙은 어머니는 늘 징징 울고 다녔거든. 날이 쨍하니 개면 큰아들 삿갓 못 판다고 울고, 비가 오면 작은아들 소금장사 안 된다고 울고 — 이것을 보다 못한 이웃 노인이, 여보 아주머니, 왜 세상과 물정을 꼭 그렇게만 보슈, 날씨가 쨍하니 쬐면 작은아들 소금 잘 팔겠다고 기뻐하고, 비가 오면 큰아들 농립 잘 팔겠다고 생각하면 늘 기쁘게 살 수 있잖소, 그래, 세상을 살아가는 데 아주머니는 어느 편이 좋겠소, 했더래. 넌 장마를 원망하고 짜증을 내고 하지만 한편으로는 장마로 해서 유리한 작물도 있잖아. 내가 보기에는 묘목의 이식이라든지 또 고구마 같은 것은 100프로 착근이 된 것 같던데 어때, 그렇잖아?"

“……”

“왜 말이 없어. 내 말이 틀렸나?”

이놈은 비로소 피시시 웃는다. 웃는 것을 보고, 그는 낮에 겪은 오리 이야기를 하니까 아이놈의 말이, 오리가 가축으로서의 역사는 닭보다 훨씬 뒤였기 때문에 아직도 야성이 강해 낯설이가 심하다고 했다.

“상 들여놔요?”

“벌써 저녁이 됐냐, 들여와!”

갈치찌개는 갈치 자체보다 부속물인 채소가 더 구미를 돋웠다. 아이들은 뼈 발기가 귀찮다고 그대로 자금자금 씹어 삼킨다.

“야, 갈치뼈는 세다. 잘못 목에라도 걸릴라.”

“거 뭐, 일일이 발고 있겠어요!”

저녁을 먹고 나서 며늘아이가 미처 상을 물리기 전에,

“난 내일 떠나야겠다.”

“모처럼 오셔가지고 왜 그렇게 빨리……?”

“거기 하던 일도 바쁘고 또 내가 있어 되려 네들의 일에 방해만 되는 것 같다.”

아이들은 못내 섭섭해하면서도,

“지금 형편이…… 우선 기거하실 자리마저도 이 꼴이라서 굳이 더 계시라고는 못하겠습니다만…… 날씨가 어떨지…….”

“아니 뭐, 비가 좀 질금거려도 가야겠다.”

아이들이 서로 눈짓을 하면서

“우선 좀 누이소.”

하고 밖으로 나간다.

식곤증도 있고 해서 그는 베개를 돋아 베고 모로 누웠다. 갑자기 또 비가 콩알을 뿌리듯 창문을 두들긴다.

열시쯤이나 됐을까? 며늘아이가 상을 들고 아이놈도 뒤따라 들어왔다.

“일어나세요. 이거 좀 자셔보세요.”

한다.

“뭔가?”

하고 일어나 보니 병아리 백숙이다.

“아직 좀 어려서…….”

“응, 그래. 병아리는 단지곰 정도가 젤 연하지.”

그는 원래가 닭을 좋아하는 편이라 반갑고 맛나게 먹었다.

“거, 맛이 존데. 아직 햇병아리 철은 아닌데?”

"그럼요. 아무래도 칠팔월이나 돼야죠!"

"그럼 이건……?"

"선배네 특수 사육을 한 마리 꾸었어요."

"병아리값은 이담에 톡톡히 내지."

"아이, 아버님도 참……."

다음날도 날씨는 여전히 비가 오락가락했다.

좀 일찍 서둘러 떠날 채비를 해놓고 K씨에게 인사를 갔다.

K씨는 마침 아침을 먹고 일을 나가나 어쩌나 하는 중이었다.

"성기 애비올시다. 지금까지도 적잖은 신세를 지고 있는 줄은 알고 있습니다만 워낙 먼 거리고 또 분야가 달라 부모 구실을 못합니다. 부모 겸 후배 겸해서 앞으로도 좀 보살펴 주십시오."

K씨는 한동안 좀 심각한 표정으로 말이 없다가

"실은 제가 오늘 저녁쯤 인사를 가려고 했는데 이렇게 빨리 떠나실 줄은 모르고…… 사실은 제가 되려 신세를 지는 판이올시다. 아쉬운 농기구도 내 것같이 빌려다 쓰고 하지만 그보다도 농사에 대한 지식으로서는 벌써 몇 걸음 앞서가고 있으니까요. 되려 제가 배우는 것이 많습니다."

"무슨 말씀을…… 이론과 실지와는 다르니까요."

"아니올시다. 한창 젊은 정력과 성실과 노력에 우리는 이제 도저히 따라갈 수가 없을 정돕니다."

"근데, 선생 보기에는 저것들이 어떻게 뭐가 될 것 같습니까?"

"그에 대해서는 저도 한두 가지 의문은 가지고 있습니다만…… 그러나 지금으로 봐서는……."

하고 담배를 갈아붙인다.

"쟤들이 처음 여기를 찾아와서 한여름 일을 도와주면서, 우리들도 여기에 와서 농원을 경영해보겠노라고 하는 것을 제가 극력 말렸지요. 왜냐면 여기 십여 년 동안 많은 후배와 농촌 청년들이 있었지요. 그러나 고작해야 1, 2년을 넘기지 못하고 다 포기해버렸으니까요. 그리고 여기는 바다로 내민 반도의 벽지라 배타성이 좀 강하고 객지사람이면 무조건 백안시하는 그런 면도 있어 제들끼리 단합을 해서 여러 가지로 말썽을 부리는 일도 없지 않습니다. 예를 들면 월등 비싼 품삯을 받고도 일은 늑장을 부리고, 간식은 술을 사라, 국수를 삶아라 — 이런 식이지요. 그리고 또 자연 조건으로서 바닷바

106

람이 세고 기상이 고르지 못해 적성작물의 선택에도 애로가 많아 여러 번 실패를 하고 보니 그만⋯⋯."

"하긴 그렇기도 하겠군요."

"그런데도 재들이 다음해 여름에도 또 와서 일을 도와주면서 하도 간청을 하기에 그 집념에 못 이겨 우선은 한 번 더 속는 셈치고 응낙은 해놓고, 학교에다 일단 조회를 해봤지요. 이러이러한 아이들이 이러이러하니 어떤가고⋯⋯ 그랬더니 얼마 뒤의 회신에(주임교수) 좌우간 그 아이들은 확실히 이 학교 개교 이래의 괴짜(좋은 의미에서)임에는 틀림이 없다. 예를 들어 학교 뒤 공지에다 시험재배를 하겠다고 블록으로 막을 짓고 리어카로 마사회까지 가서 말똥을 얻어다 캠퍼스 안으로 싣고 오고가고 하는 놈들인 만큼 그 의욕이나 성실성에는 보장을 해도 좋다. 그러나 아이들이 너무 순진하고 현실에 전염되지 않아서 어떤 애로에 부딪쳤을 때 실망과 좌절⋯⋯ 여기에 대해서는 보장할 수가 없다 ― 이건 제가 보고 느끼는 바와 일치했습니다. 지금까지를 봐서는 희망과 다소 낙관적이긴 합니다⋯⋯."

"어쨌든 격려와 지도를 바라겠습니다."

"우선 이런 벽지에서도 요즘 젊은이들은 지게질을 안 합니다. 청바지에 남방 차림으로 자전거 아니면 리어카로, 여가만 나면 술, 노름, 더구나 뉘집 길흉사라도 있어 구실만 있으면 예외 없이 노름판이 벌어지고 싸움질을 하고…… 이런 판국에도 재들은 배우지도 않은 지게질을 하고 ― 그러니까 여기 사람들이, 저럴 바야 무슨 지랄로 돈 들여서 공부를 시켜, 대학을 나왔다는 건 새빨간 거짓말이여, 엉터리랑께, 아니면 돈 주고 엉터리 졸업장이나 하나 샀는지 누가 안당까 ― 하는 것이 정평이니깐요."

"그네들로 봐서는……."

"암튼 두고봅시다. 저는 성기 군 같은 보기드문 후배와 이웃해 있는 것이 미덥기도 하고 자랑스럽기도 합니다."

"고맙습니다."

"원 천만에 말씀을……."

좀더 이야기를 하고 싶었으나 아이놈에게 들은 예비지식이 있기 때문에 그만 일어섰다. 하직 악수를 하는데 아이놈 말과 같이 손바닥이 정말 페이퍼 같았다.

돌아와서 양복 가랑이를 걷고 지우산을 펴받고는 집을 나섰다.

차시간에 여유만 있으면 짜장면이라도 먹일까 했으나 시

간이 한 십분밖에 없다. 그때 잠깐 들여다본 중국식당 테이블에는 젊은이들 서넛이 탕수육을 해다놓고 소주를 마시고 있었다.

그는 간식용으로 라면 한 박스를 사주고 차에 올랐다. 그는 아이놈을 옆에 앉히고

"이건 언젠가도 네게 한 적이 있는 것 같은데…… 거듭 해두고 싶은 말은, 네가 아는 지식이나 확실한 체험이 있거든 동네사람들에게 열 번이고 스무 번이고 친절히 가르쳐줘라. 그리고 네들의 목표를 위해 성실을 다해라. 네들의 작업은 자연에 어떤 이변이 없는 한 영원히 지속되고, 광석과 같이 파버리면 없어지는 것이 아니다. 이 두 가지 외에는 아무것도 생각지 말아라. 평범한 말 같지만 꼭 명념하고 실천을 바란다."

"예, 알았습니다!"

"차가 뜰 모양이다. 내려가거라."

비가 또 오기 시작한다. 아이놈 내외는 길 옆 가겟집 처마 밑으로 비를 피하면서 나란히 서서 바라보고 있다.

그는 손수건으로 유리를 훔치고 손짓으로 돌아가라는 시늉을 해 보인다. 아이들도 뭐라고 하는 모양인데 차 발동소리

때문에 알아들을 수가 없었다.

　— 저러고도 제들의 뜻을 이루지 못한다면, 이룰 수가 없다면, 이 세상에는 믿을 것이란 아무것도 없다. 종교도 신도 있을 수 없다 — 이런 생각을 하면서 몸을 돌려 눈을 감고 차에 흔들렸다. 왠지 눈시울이 뜨뜻해왔다. ■

어린 상록수 그 이후

— 홍문국(『귀농통신』 편집장)

글을 시작하며

진작에 그에 대해서 전혀 모르는 바는 아니었다. 변산의 유기농 모임인 '한울공동체'의 정경식이 쓴 『21세기 희망은 農에 있다』(두레)에 짧게 소개된 오건이란 인물에 마음이 끌려, 동네 시립도서관에서 단편소설 「어린 상록수」를 찾아 읽긴 했다. 이 작품이, 소설가 오영수 선생이 자신의 둘째아들 오건을 실제 그대로 그린 이야기라는 것도 그래서 알았다.

무엇보다 소설에서 주인공이 제 갈 길을 뚜렷이 정해두고 한 치도 어긋나지 않게 계획된 목표로 거침없이 질러가는 모습이 예사롭지 않았다. 생활 자세가 치열한 것만으로 저리 할 수 있겠나 싶었다. 뭔가 보이지 않는 운명적인 힘이 그를 이끌어간다는 느낌을 지울 수 없었다. 마지막 아버지의 독백—

저들의 뜻을 이루지 못한다면 종교도 신도 있을 수 없다─에 이르러서는 가슴 한구석에 짠한 슬픔이 와닿았다. 자식의 고생이 못내 안쓰러운 애틋한 부정(父情)에 대한 감상이라 여기면서도, 괜스레 그 말이 현실이 된 건 아닐까 하는 묘한 기분에 사로잡혔다. 귀농 이후의 삶이 소설보다 더 극적으로 전개되리라는 여운이 길게 남았다.

이 소설은 독특한 기질과 비상한 생활력을 가진 주인공이 세상의 바다로 나가기 위해 돛을 다는 순간 끝남으로 해서, 독자들에게 정녕 젊은 오건 부부가 귀농한 뜻은 무엇이었으며, 그 뜻을 끝내 이루었는가, 그리고 어떻게 살았는가 하는 궁금증을 불러일으킨다. 만일 소설 속의 그가 실존 인물인 것을 아는 사람이라면, 더욱 그의 뒷날의 자취에 대해 호기심이 당겼을 것이다.

안 그래도, 내 자신 귀농하겠노라 선언한 지 몇 해가 지났어도 내가 농사 지으며 산다는 게 어떤 모습일지 확연하게 그려지지 않았다. 근본적으로 귀농의 동기는 정말 진실된 것일까 하는 의문이 자꾸 자라났다. 차츰 귀농에 대한 확신도 어그러지기 시작한 터였다. 때마침 생태적 유기농 운동이 활발한 곳으로 주목받는 변산을 오가는 길에서 오건의 치열한 삶에 얽힌 가슴 절절한 추억들을 단편적으로 들을 수 있었다. 그러는 사이 이곳에서 그의 삶에 대한 궁금증을 풀어가는 가운데, 어쩜 내 길에 대한 생각도 투명해질지 모른다는 기대를 하게 되었다. 이 무렵 어린 상록수, 그 훗날에 대한 취재에 나섰다.

오건의 자취를 찾아

'농민 오건 여기서 잠들다.'

그와의 만남은 그의 무덤 앞에 세운 짤막한 묘비명을 읽는 것으로 시작되었다. 여기는 생전의 보금자리였던 살림집을 내려다보는 뒤편 언덕이다. 그런데 '농민' 오건이라니. 어떤 묘비명치고 '노동자' 아무개, '공무원' 아무개, 이런 식으로 고인이 속한 계급적 신분이나 생전 직업 따위를 가리키는 말을 붙인 경우가 있단 말인가. 농민은 그의 꿈이었으되 결국 이루지 못한 아쉬움을 남긴 것일까, 아니면 진정한 농민으로 살았음을 아로새기고자 한 것일까.

"가신 지 십여 년이 흘렀어도 그 순수한 마음과 정신은 변

● 묘비의 글은 고인과 가까웠던 변산의 농민시인 박형진이 썼다.

●오건의 산소 – 살던 집 뒷동산 양지바른 곳에 묻혔다.

함없이 우리와 함께 살아 있는 분이지요."

　친절하게 안내해준 이 마을의 이백연 씨가 막걸리 한 잔을 건네자 묘비를 지그시 바라보며 하는 말이다. 가슴 깊숙한 곳에서부터 울리는, 그리움이 묻어 있는 목소리였다. 더 이상은 말을 아끼려는 표정이 또렷하여 잠시 먼산만 바라보았다. 어찌 살아온 분이기에 하고 당장 묻고 싶었으나 초면의 서먹한 분위기에 묻혀버렸다. 아니, 어쩜 진한 애절함이 와닿아서 쉽게 말을 건넬 수 없었을 것이다. 다시 만날 기약만 남기고 돌아섰다.

　겨울의 차가운 입김이 채 가시지 않은 올 3월 초, 생전의 오건과 피를 나눈 형제는 아니지만 그보다 깊은 관계였던 벗들을 만났다. 변산읍 농협조합장 박배진, 이 마을 토박이 농군 이백연, 두 사람이다. 백연은 오건의 농장과 잇닿은 농토가 있어서 제일 먼저 가까워진 사이였고, 세심하고 자상하게 대해주는 자세가 어린 마음에도 무척 감동적이어서 오건에게 깊이 빠진 사람이다.

　막걸리에 쭈거미 안주를 놓고 마주 앉자마자 배진 씨가 말문을 열었다.

"언젠가 한번은 건이가 입이 삐죽하게 나와 있어 왜 그러냐고 물었더니, 서울 가서 아버지 오영수 선생과 싸우고 왔대 글쎄. 뭔 일 때문이냐 꼬치꼬치 물어봤더니, 안 그래도 동네 사람 부끄러울 정도로 일도 못하고 제구실 못해서 갈등 속에 사는데, 그게 무어 자랑거리라고 소설로 써서 마음 상했다는 거예요."

평소에 '징그러울 정도로 말수가 없는 사람'이며, '집안 이야기는 요만큼도 내비치지 않는' 그가 어지간히 심사가 틀어졌던 모양이다. 하긴 서울에서 아는 사람들이 자주 오가는 것도 불편하고 꺼림칙하게 여긴 터수였다.

자식의 항의에 아버지가 "임마야! 작품소재로 삼는 것은 작가의 자유지, 거짓말을 보태든 말든 왜 남의 작품세계에 끼어드느냐"고 이유 있는 반박을 하는 바람에 아무 말 못하고 오히려 야단만 맞았단다. 부자간에 격의 없이 오고간 대거리에 모두 허리를 잡고 웃었다. 하지만 웃자고 들려준 이야기만은 아니었다. 오건이 살았다면 쓸데없이 이런 짓거리 한다고 당장 면박을 주어 돌려보냈을 것이라는 뼈 있는 우스개인 것이다. 고인이 지켰던 자세에 비추어, 취재에 응하는 것이 그에 대한 예의에서 벗어나는 게 아니냐는 조심스러움이다.

'자신을 결코 드러내지 않은 사람, 오건' 이것이 화두가 되리라는 강한 암시를 받았다.

어린 상록수의 뿌리 내리기

부안군 변산면 산내리. 오건의 집이 자리한 곳이다. 지금은 국도와 지방도가 마을 곳곳으로 뻥뻥 뚫려 탈것만 있으면 쉬 닿을 수 있는 곳이지만, 오랫동안 이 고장은 깊은 두메에 속했다. 오건이 내려왔을 땐, 서울서 버스 갈아타고 걷고 하여 일곱 시간 이상 걸렸다. 오건은 본디 고향이 먼 경상도요 잔뼈가 굵기는 서울의 본가에서라, 일가 친척 한 사람 없는데도 이 마을에 터전을 잡은 까닭은 무엇이었을까. 무엇에 이끌려 하필 이 먼 데를 내려왔을까.

하긴 어려서부터 자연과 생물을 벗하며 자라 순수하고 순박한 것에 대한 애착이 남달랐다. 그러다 보니 이곳이 워낙 개발할 가능성이 없는 깡촌인데다 사람과 토양이 바래고 때 묻지 않은 점에 무엇보다 마음이 끌렸을 것이다. 게다가 바다가 가깝고 저수지를 끼고 있어 무척이나 좋아하는 낚시도 즐

● 오건이 직접 지은 흙벽돌집

길 수 있으니, 여러 박자가 맞아떨어지는 셈이었다. 나름대로 자연 생태계를 보는 안목을 가진 그에게도 썩 맘에 들어 '이곳이 내가 살 곳'이었을 법하다.

어느 누구에게 물어도 대체로 이런 어림짐작에 그친다. 어쨌든 변산을 선택한 동기에 꼭 집어서 말할 수 있는 특별난 이유가 없다는 건 그만큼 물이 흐르듯 자연스럽게 이어진 인연임을 말해주는 것이리라.

어찌 보면 오건이 농민이 되는 과정도 자연스럽기는 마찬가지다. 소설 「어린 상록수」에서 보듯이 오건은 농사에 천성의 자질을 타고났으며, 농촌에 내한 애징이 깊었으니 그를 잘 아는 집안사람들에게는 당연하게 받아들여진 일이다.

여기서 그의 집안 분위기가 여느 가정과 다르게 매우 독특한 것을 알 수 있다. 아버지 오영수 선생은 가부장적 권위를 지키는 그 세대의 보통 가장이 아닌 것 같다. 오건이 가족과 상의 한마디하지 않은 채 느닷없이 먼저 합격한 모 대학교를 접고 동국대 농대로 간다고 우겼을 때도 순순히 승낙한 것이며, 제대할 때까지 농촌 정착 자금으로 오십만 원을 만들어달라는 부탁을 두말없이 지킨 것이나, 모두 보통 사람들이 상상하기 힘든 아버지 모습이다. 아무리 부모라 해도 자식의 주체적인 삶에 관여해서는 안 된다는 원칙을 일관되게 지키고 살았을 분이란 짐작이 간다. 소설에 나왔듯이 아들의 고된 생활이 안타까운 어머니가 웬만하면 그만 거둬오라고 하자, "두 번 다시 씨까먹은 소리 하지 말라"며 말을 막는 단호함은 이런 데서 나온 것일 게다.

이렇듯 오건은 갈 길을 선택하는 데서 조금도 집안 식구의 개입을 받지 않은 흔치 않은 환경에서 자랐다. 시골 생활에서 보여준 강고한 자립 정신도 이런 분위기에서 키워졌을 것이다.

농촌으로 가겠다고 처음 가족들에게 이야기를 꺼냈을 때, 그런 결정을 내리리라고는 아무도 몰랐다. 낌새조차 느낄 수 없는 갑작스러운 일이었다. 반드시 그가 농촌과 관계된 삶을 살리라는 생각은 했어도, 이처럼 완전히 떠나리라고는 상상 밖이었다. 그럼에도 가족들은 '저에게 저런 추진력이 있다니' 하는 신선한 충격과 감동으로 받아들였고, 반가워했다. 걱정과 애처로움이란 없었다. 집안의 정서가 '세속적인 지위나 부의 성취에 대해 무심' 했기에, 어떤 선택의 경우에도 그를 주저하게 만든 적이 없던 것이다.

잠시 그의 유품인 생활일지를 펼친다. 빛 바랜 공책 첫 장을 넘기니 '1974년 3월 1일. 이사. 짐 정리. 면, 군, 동리 인사.' 이렇게 변산에서의 첫날을 또박또박 짧게 적어놓았다. 이어지는 일지는 이사 오자마자 당장 생활할 터를 닦느라고 갯돌이며 굄돌과 같은 온갖 돌덩이와 모래를 나르고, 모종 낼 온상 짓고, 퇴비 만드는 농사 준비도 서둘러야 했으니 숨돌릴 겨를이 없는 날들로 채워졌다. 그밖에 호도나무(접목) 다섯 주, 삼나무(다년생) 스무 주, 감나무(접목) 쉰 주, 가문비나무 누 주 등등, 합계 24,230원. 막걸리, 담배 얼마, 품삯 얼마, 이런 식으로 살림 내역까지 꼼꼼하게 알 수 있는 기록이다.

어느 날인가 며칠을 애쓴 끝에 벽돌을 수백 장씩 찍어 바리바리 쌓아놓았더니 얄궂은 비가 내리는 바람에 무더기로 맥없이 무너져내리는 낭패도 겪는다. 이어지는 일지는 이렇게 써내려간다.

"……주어지는 고통쯤은 과감히 이겨나가리라. 자! 얼마든지 오라. 내 도전하마. 아직은 몸도 마음도 젊고 맥박은 뛴다. 내겐 더욱 힘찬 삽질이 있을 뿐이다. 결과 따윈 문제가 아니다. 다만 과정이, 얼마나 참되게 싸웠느냐가 문제다. 승패는 아직 생각지 않으마."

이제 스물여섯 살, 앞으로 거센 파란이 밀려올 것을 마치 예감이라도 한 것처럼 두 주먹 불끈 쥔 젊은 패기로 글씨가 힘차게 나는 듯하다.

집터를 포함해 농경지 삼천여 평, 혼자 짓기에 버거운 면적이다. 게다가 오늘날에도 한눈에 보기에 원래는 돌너덜과 점토로 이루어진 척박한 터였음이 분명하다. 그 무렵에 쓰던 리어카가 수풀 속에 그대로 남아 있는데, 험난했던 정착 과정을 말해주듯 군데군데 부서지고 뼈대는 녹슬었다. 박토를 개간하여 농토를 만들고, 거기에 손수 벽돌을 찍어가며 집을 짓는 과정부터 남의 도움을 마다했던 건 자립의 원칙에서 비롯한 것이다.

허나, 집 짓고 농토 만드는 것으로 정착 과정이 다 끝나는 것은 아니다. 작물도 자리를 옮겨 심으면 그때부터 지독한 몸살을 앓게 마련이다. 바뀐 환경에 새로 적응하여 제대로 뿌리를 내릴 때 겪는 고통이다. 사람도 이런 착근 과정에서 오는 시련을 피할 수는 없다. 곧 '마음의 전환'과 함께 '몸의 전환'에 뒤따르는 고통을 이겨내고서야 오롯하게 설 수 있는 것이다. 이 과정에서 가장 힘든 건 아마도 인간 관계에서 오는 갈등일 것이다.

　배진은 '종자가 다른' 오건과 숱하게 싸웠다. 한 살 차이 친구로서 성격과 정서가 여러모로 다른 탓도 있지만 그건 작은 이유였다.

　"너희들이 농사 짓는다고? 사치스런 소리 하지 마라. 십 년, 이십 년 산다고 농민 되는 줄 아느냐? 안 된다. 너희는 하고파서 농사 짓지만 우리는 안 하면 죽는 수밖에 없어 한다, 안 하면 못사니까. 그러니까 너희는 도망갈 구멍이 있는 사람들이다. 똑똑하것다, 대학 나왔것다, 집안에 아는 사람들도 많것다, 서울 가면 어디 가서 취직 못하셨는가. 그리니 농사가 안 돼도 상관없고, 농사 안 되면 도망갈 놈이다. 우리는 죽으나 사나 도망갈 구멍이 없는 거여. 사치스런 소리 하지 마라."

　날마다 '씹고 싸우고 몰인정하게 대했고,' 심하다 싶을 정도로 다그치기도 했다. 그래도 '본인은 수도 없이 변명했겠지만 당시엔 별로 귀에 들어오지 않더라' 한다. 나중엔 오건의 아내 준희가 울면서 "배진 씨, 그런 소리 하지 말아요. 건이 씨는 오히려 당신들한테 열등감을 가진 사람이란 말이에요" 하며 하소연하듯이 속내를 드러내었어도, 말도 안 되는 소리 하지 말라며 되레 더 세게 몰아붙인 적이 있다.

하긴 농사일에서 농군의 자식이 아닌 오건이 세습 농군보다 나을 순 없을 게다. 아무리 기술이 좋아도 땅이 워낙 박토여서 노력에 비해 소출이 형편없고 못 먹고사니 좋은 소린 못 들었다. 박토인 셈치고는 그런 대로 잘 지었어도 어쨌든 수확을 많이 해야 알아주니까.

"그런데 가만 생각해보니 맞는 이야기더라. 건이가 백 번 죽었다 깨도 일은 나한테 따라오지 못하는 사람인 거라. 산에 나무하는 것, 땅 파는 것, 농사 짓는 것, 쟁기질하는 것, 어떤 일에서건 따라오려야 따라올 수가 없는 거라. 부인 말이 맞더라."

이때를 계기로 서로 친해지고 정이 한층 깊어졌다. 그러기 전에 삼사 년 동안은 날마다 싸우다시피 했다.

"돌이켜보면 참으로 뜨거웠던 거야. 애정을 가진 다툼이었던 것이지."

이제 와서는 그땐 왜 그랬는지 나도 모르겠다며 옛 추억쯤으로 담담하게 말할 수 있지만, 그때 이 문제는 꽤나 '치열한 논쟁거리'였다. 지식인 출신이 과연 농민으로 삶을 바꿀 수는 있겠는가, 진정 끝까지 농민과 함께 살 수 있겠느냐는 문제였다.

헌데, 오건이 변산으로 내려간 초기에 누님인 숙희 씨와 이 문제를 두고 많은 이야기를 주고받았다.

농촌 봉사 활동은 식민지 지배 정책의 기만적인 허울일 뿐이다. 그게 아니더라도 지식인이 앞장서고 이끈다는 생각을 하는 건 철없는 짓이다. 다만 대를 이어 내려온 풍부한 농민적 지혜로부터 배워라. 그것은 수백 년의 임상실험을 거친 지혜다. 정착한 뒤에도 쉽사리 농민으로 인정받기 어려울 것이다. 행여 완전한 농민이 될 수 있나는 생각을 버려야 한다.

누님은 '농사는 세습되는 것'이므로 지식인이 농민이 되겠다는 생각은 알량한 허위의식일 뿐이라는 근본적인 문제제기를 했다.

만일 오건이 농촌계몽이니, 농민운동이니 하는 대의명분을 내세웠다면 어땠을까. 아마 식구들 중 어느 누구에게서도 지지를 얻어내진 못했을 것이다. 설사 귀농을 했다 하더라도 오늘의 오건은 아닐 것이다. 아무리 훌륭한 '대의명분'도 아직 말에 지나지 않기 때문에 그 실제는 참이 아닌 거짓에 훨씬 더 가까운 법이다. 오건은 일찍이 누님의 이런 문제의식에 공감했기에 처음부터 이를 체화시키려고 무던히 노력했을 것이고, 그만큼 시행착오도 적었다.

안 그래도 토착민들은 외지에서 들어온 사람에게 쉽게 마음을 열지 않는다. 그건 텃세이거나 배타심이기에 앞서 잘 모르는 사람에 대해 자연스럽게 어떤 선입관을 갖는, 그런 인지 상정의 심리일지 모른다. 서울에서 대학까지 나온 자가 뭐가 아쉬워 이런 깡촌에 살러왔나, 그것도 농사 지어 먹고살겠다니 당시로선 도저히 이해하기 힘든 경우를 본 것일 테다. 오건이 내려온 그해 겨울에 집집마다 인사 다니는데, 돌아가고 나면 "젊은 놈이 미쳤다"는 소리까지 들었다.

그렇기에 '여기 사람, 여기 농민이 되려는 노력'은 이루 다 예를 들기 어려울 만큼 많다. 지켜보는 사람이 애가 탈 정도였다. 가령 이런 것이다. 처음 이사 와서 책을 싼 짐은 아예 풀지 않고 농사책 세 권만 달랑 꺼냈다. 공부깨나 했다는 행세로 보일까 저어한 것이다. 그리고 처음에 쌀 한 가마 사서 살림을 시작한 뒤로는 다시는 쌀 한 톨 산 적이 없다. 꽁보리밥이 주식이었으며, 무시로 고구마로 끼니를 때우곤 했다. 심지어 마을 사람들이 보리밥에서 쌀밥을 먹는 수준이 되었는데도 그뒤로 오랫동안 꽁보리밥을 고집했다. 무려 칠 년 동안 이 소박하다 못해 곁에서 보기에 지나치다 싶을 정도로 보잘 것없는 밥상으로 버텼다.

하긴 '피눈물 날 정도로 돈 한 푼 없어서' 그렇기도 했다. 그리도 궁하면 도움을 받을 만한 집안 식구들도 있건만, '굶는 한이 있어도 남들에게 손벌리지 않고 자급하겠다는 정신'을 한 번도 꺾은 적이 없다. 알량한 자존심 따위에서 비롯된 게 아니라, 단 한 걸음도 뒤로 물러설 자리가 없는 농민 현실을 자기 것으로 받아들인 까닭이다.

또 이런 일도 있다. 어느 날 돼지 잡는 동네 잔치에 끼었는데, 누가 돼지 생간을 떼어서 먹으라고 주었다. 비위가 약해 평소엔 도저히 못 먹을 것이지만 안 먹을 수는 없고 해서 억지로 삼켰다가 속이 뒤집혀서 남몰래 게워내었다. 창피해서 딴 데 가서는 말 못하고 나중에야 꺼낸 이야기다.

이러한 남다른 자세와 의식적인 노력을 일관되게 지탱할 수 있었던 건 그가 세운 생활 철학이 워낙 굳세기 때문이겠지만, 타고난 천성도 뒷받침되었다. 대학 나왔으면 또릿또릿하게, 자신 있게 일사천리로 진행하고 그럴 줄 알았는데 그게 아니어서, 벗들은 '저것이 어떻게 대학교 나온 사람인가' 싶었다. '갑갑하리만치 꼼꼼한 성격에, 생각하고 또 생각하는 진중한 사람'인 것이다. 아마도 어릴 적의 예의 그 자연친화력에서 비롯된 예민한 관찰력이 자신의 행동을 놓치지 않고 바라보고, 주위 사람들의 반응을 섬세하게 읽는 감수성을 키운 덕분이 아닐까 싶다. 곧 오건은 자기 성찰에 조금도 게으르지 않은 사람이었다. 자기 안팎에서 빚어지는 상황에 둔감한 사람은 거개가 생활을 깊게 성찰하는 데는 한참 모자란 법이다.

세상에는 멀리서 보기엔 바르게 사는 것 같아도, 가까이 보면 실상이 반대인 사람이 많다. 그러나 오건은 오랜 세월 일거수일투족, 안방 살림살이까지 그의 삶을 들여다본 벗들이 보기에도 '아무래도 그건 결코 사람이 하기 힘든 자세'로 살았고, 그래서 '미울 정도로 너무 자기에게 철저한 사람'이었다. 한마디로, 자신의 잘못을 머리털 한 올만큼도 용서하지 않는 언행일치를 추구한 사람이었다. 그 점이 벗들의 뇌리에 가장 선명하게 남는다.

농민운동가 오건

　서슬 퍼런 군부가 들어서기 직전, 1980년 5월이다. 배진 씨가 돼지 거름을 치우고 있는데, 오건이 택시를 잡아와 무조건 타래서 영문도 모른 채 함께 격포로 갔다. 가는 길에 무슨 일인가 들어보니 비료를 사러 변산농협 창고로 갔는데, 비료 한 포대당 강제출자금 삼백 원을 붙이는 걸 보고는 그렇게 못하겠다 했더니만, 농협 직원은 그렇담 비료 안 판다고 거들먹거리는 바람에 싸움이 붙었다는 것이다.

　배진을 싸움꾼이자 응원꾼으로 데려긴 짓이다. 그때 배진은 김병태의 『농협의 길잡이』를 달달 외우고 다니던 시절이었다. 농협 직원에게 강제출자금의 근거가 뭐냐고 따지고들며 한판 시비가 벌어지는 사이, 조합장이 오토바이 타고 달려와서 싸움은 더 커졌다. 그런데 사단이 난 건 조합장이 싸움을 말린다고 덤벼들면서다. 조합장이 "그것들 손대지 말아라. 죽으면 나중에 개값 문다"고 욕지거리를 해대는 것이다. 경찰 출신에 공화당의 후원을 받는 변동남이라는 인물이다.

　개값이라니, 조합원을 개 취급한 것 아닌가. 그날 배진은 격포에서 집이 있는 모항까지 걸어가는데, 생각할수록 괘씸

하고 억울해서 화가 풀리지 않았다. 이때 오건이 녹음기를 들고 찾아와서 생생한 싸움 현장이 녹음된 테이프를 들려주었다. 몇 해 전 부인이 일본 연수 갈 적에 유일하게 사달라고 부탁해서 받은 선물이다. 그 와중에 어떻게 녹음을 했는지, 조합원을 능멸하는 조합장의 망동을 고발할 수 있는 움직일 수 없는 증거를 확보한 것이다.

이런 조합장은 자격도 없을 뿐더러, 출자를 사전 동의서 없이 받은 것은 무효가 아니냐고 따지는 질의서를 보냈다. 출자금을 돌려주고 사과하라는 주장이다. 여기서 녹음 테이프가 여론을 들끓게 만드는 결정적 역할을 했다. 이것으로 보아 농협민주화투쟁은 우연히 벌어진 사건이 아니라, 여러 가지 상황을 미리 예측하고 치밀하게 준비한 가운데 일어난 것임을 알 수 있다.

마침 그해에 조합장은 대의원 정기 총회에서 출자금 조성에 필요한 사전 동의서조차 받아두지 않았다. 권위를 앞세운 주먹구구식 조합 운영이 폭로된 것이다. 게다가 사후에 이를 위조하려다 인장을 도용한 것이 발각되었다. 군 조합까지 발칵 뒤집혔다.

배진이 앞장을 섰다면, 오건은 뒤에서 빈틈없이 투쟁 계획을 짰다. 나아가 여론을 널리 퍼트리고 전국적인 지원과 엄호를 이끌어내는 가교 역할을 담당했다. 이를테면 배진이 타고난 재치와 언변을 지닌 대중성이 뛰어난 행동가라면, 오건은 치밀한 기획력을 바탕으로 전략을 짜는 쪽이어서 둘은 환상적인 조화를 이룬 것이다. 여러모로 궁합이 맞는 사이였다.

꽹과리 치면서 유인물을 뿌리며 데모에 나섰다. 등에는 '나는 개가 아니다' 라고 크게 써붙이고 행진했다. 살벌한 긴급조치 9호가 살아 있어도 겁나지 않았다. 무엇보다 변동남 조합장을 몰아내지 않으면 우리가 살 수 없다는 절박한 이유도 있었다. 농민운동 하는 사람들은 모두 빨갱이라는 둥, 악선전을 해대는 인간이었기에 한 치도 물러설 수 없었다.

부안성당에 '부안농협 민주화를 위한 기도회' 플래카드를 크게 내걸고 조합장을 면직시키라는 농성에 들어갔다. 갈수록 사태는 크게 번져 중앙의 5대 일간지가 보도하기 시작했다. 결국 군 조합장이 기도회 말미에 강당에 올라서서 비지땀을 흘리며 사과하고 변동남을 면직시키겠다는 각서를 썼다. 온통 박수와 환호가 터져나왔다.

신군부의 계엄령 확대조치가 내려지고, 그 다음날인 5월 18일, 문제의 조합장은 자진 사퇴했다. 농협 역사상 처음으로 주민의 힘으로 조합장을 갈아치운 기록적인 사건이 일어난 것이다.

　이제 농민으로 정착한 지 칠 년째, 적지 않은 시간이 흘렀다. 그동안 지역 농민의 한 사람으로 무리 없이 인간 관계를 맺어왔다. 동네 사람으로 사랑도 받았다. 땀 흘려 개간한 땅은 워낙 박토여서 비록 소출은 보잘것없고 살림이 꽁보리밥과 고구마에서 크게 나아진 건 없어도, 곧 새로 무논을 몇 마지기 만들어 쌀밥을 지어먹을 기대에도 부풀었다. 부인 준희 씨가 "우리도 이제 쌀밥 좀 먹자" 했더니, "그래? 그러면 논을 만들지 뭐" 하며 층층으로 된 좁고 작은 다랑논이라도 만들려던 참이었던 것이다. 그의 귀농 생활은 요즘말로 '연착륙'에 성공했다.

　이 무렵 몸으로 부딪친 농촌 현실의 문제가 농협의 모순과 폐해이다. 여전히 '나는 농민운동 하러 온 것이 아니라 농민이 되려고 왔다'는 자의식이 강하게 지배했지만, 그저 자기 앞가림만 잘하자고 생각해본 적이 없다. 이제 자신의 전부가 되어버린 이곳의 농민이 겪는 고통이라면, 이것을 타파하는 싸움에서 할 수 있는 역할을 마땅히 할 뿐이었다. 전우익 선생의 말처럼, 묵정밭에 농사를 지으려면 잡초와 독초부터 갈아엎어야 하듯 세상의 밭도 갈아야 하는 때가 있는 것일 게다. 세상이라는 넓은 밭이 썩어가도록 내버려둔다면, 뼈빠지게 일군 내 밭의 생때같은 알곡도 쭉정이가 될 수밖에 없다.

이처럼 오건이 농민운동에 몸을 섞게 된 것은 '생활 속에서 문제를 발견하고 귀납적으로 해결 방안을 모색하는' 그의 자세가 낳은 당연한 귀결이었다.

어디서건 나서질 않고 자신을 드러내지 않는 성격은 이 투쟁 과정에서도 그대로 나타났다. 오죽했으면, 선봉에서 밀이붙인 행동가들이 잡혀가면 "오건이가 배후에서 조종하는 것이지, 네가 뭘 알겠느냐"며 곧 풀어주곤 하여 한동안 편하게 활동할 수 있었던 웃지 못할 상황이 벌어졌을까. 한편 농민운동을 통해 그가 알려지면서 "그것 봐라. 이런 날이 올 줄 알았다. 여기 올 때부터 치밀한 계획을 가지고 의식화 운동을 하기 위해 침투한 것이다"라는 반대편의 구설에 오르기도 했다. 일반 주민들이 가질 수 있는 선입견을 교묘히 이용하는 흔한 수법임은 물론이다.

오건은 이 투쟁을 거치며 지역 농민운동의 흐름에서 중요한 인물로 떠오른다. 전체 사회 정세의 큰 흐름을 읽을 수 있는 안목과 기획력이 이번 농협 사건을 승리로 이끄는 데 큰 힘이 되었다. 지역에서 자신이 서야 할 적절한 자리에서 꼭 필요한 역할을 해냄으로써 지역민의 한 사람으로, 농민운동가로 당당하게 자리매김한 것이다.

여기서 우리는 주변 사람들이 주민으로 받아들이고 인정할 때 비로소 운동가로 거듭날 수 있다는 평범한 진리를 다시금 확인할 수 있다. 목적의식이 앞서면 그것은 반드시 그 인간의 참모습을 가리게 된다. 사람들은 구체적인 인간을 통해서 신뢰를 느끼는 것이지, 그의 의식을 믿는 게 아니다. 목적의식은 모두가 함께 공명할 때 힘있는 실체가 되는 것이다. 따라서 목적성을 버리고 비워야만 비로소 목적의식을 실현할 수 있다는 역설적인 이치가 성립한다. 곧 오건은 역설적이게도 운동이라는 목적을 가지고 들어가지 않았기 때문에 진정 살 수 있었다.

다시 말하건대, 이곳에 뿌리 내리려는 자세와 빈틈없는 생활상의 노력, 그것이 밑거름이 되어 사람들로부터 얻은 신뢰, 농민 문제에 대한 체화된 인식, 이 모든 것이 어우러져서 빚어낸 모습이었다. 이 시절이 오건과 그의 벗들이 함께 누린

'가장 신나는 절정의 순간'이다.

재충전의 시간

  때는 1983년경, 오건은 전주에 있는 기독교 농촌개발원으로 잠시 생활의 근거를 옮긴다. 이곳은 독일 정부의 지원을 받아 기독교장로회측이 운영하던 일종의 농민교육센터이다. 근교에 농토를 갖추고 젖소, 돼지를 키우는 실습 농장도 운영했다. 처음에 오건은 이곳 농장책임자로 와서 지내다가 중간에 교육간사 직책을 맡는다.

  살벌한 정치 상황 아래 사회 각 부문의 민주 세력들은 암중모색에 들어갔고, 변산에서도 농협민주화투쟁을 통해 한껏 달아올랐던 분위기가 저 밑으로 가라앉은 때였다. 대개 그렇듯이 대외적인 활동이 멎고 사람들의 의식이 움츠러드는 침체된 분위기 아래서는 일상으로, 자기 자신에게로 한층 가까이 돌아오게 마련이다. 그래서 겉으로는 절망에 젖어들어 숨죽여 지내는 듯하지만, 내면에서는 더욱 날카롭게 자신을 되돌아보고 훗날을 준비하는 시간을 보내는 것이다. 적어도 자기 정체성을 잃지 않는 사람이라면 말이다.

오건으로서는 그토록 애정이 깊고 그의 모든 것이었을 농사를 접고, 잠시라도 땅을 떠난다는 게 그리 쉽지 않았을 것이다. 허나 개인적으로 변화를 주고 싶다거나, 잠시 쉬고 싶다는 생각을 했는지 모른다. 또 다른 한편에서는 '운동의 방향을 올바르게 하기 위해서는 교육이 중요하다' 는 논의가 활발하게 오고갔다. 이를 통해 지역에서 자리잡은 본인의 역할에 대한 재검토, 전체 농민운동이 나갈 길에 대한 전망 등과 관련한 생각이 깊어졌다. 이렇듯 복합적인 이유가 얽혀서 새로운 일을 받아들였을지도 모를 일이다.

이듬해 오건은 새로 교육간사로 들어온 한참 후배뻘 되는 동료와 함께 일하게 된다. 그이는 노동운동을 통해 과학적 세계관과 변혁운동의 노선으로 다져진 사람이었다. 활화산같이 맹렬히 타오르는 이념운동의 세례를 받은 사람의 눈에는 농민운동의 분위기가 도시와 시골 차이만큼이나 정말 달랐다. 이 단체의 모습이 뭔가 한갓지고 부족해 보이기도 했다. 그땐 그렇게 지나치게 경직되고 성급했다. 그러나 '사람과 자연을 넉넉하게 배려하는 여유가 넘치는 분위기' 에 녹아들어가기 시작했다. 오건의 '온화하고 자상하면서도 원칙에 충실한' 성품에 두터운 믿음이 갔다.

동료 교육간사로서 함께 생활을 하면서 차츰 오건은 그이의 세계관을 바꾸는 커다란 영향을 미쳤다. 농민을 만나려면 몸과 마음을 농민에게 맞추어야 한다는 걸 실천한 것도, 절약하며 검소하게 산 것도 오건의 일상 구석구석에서 배운 까닭이다. 반면, 오건은 그간 경험한 바를 정리하고 자신을 새롭게 벼리기 위한 체계적인 학습의 필요성을 자극받았다.

이 시기에 개발원은 교파와 단체를 넘어서 차츰 전북 지역 농민운동가들의 요람으로 자리잡아가며 의욕과 활력이 넘쳐흘렀다. 생명을 키우는 게 농사라면, 사람을 돌보고 키우는 것 또한 사람 농사라 할 수 있으니 근본이 같은 일이라 할 것이다. 오건은 이 공간에서 '스스로 재교육받는' 기회를 가질 수 있었고, 그럼으로써 전국적인 운동의 흐름을 읽는 안목을 잃지 않았을 것이다. 새로이 기운을 충전하는 날들이었다.

간사는 참가자들이 농민 현실과 관련된 사례발표에 이어 각자의 주체적인 느낌과 생각을 나누는 자리를 이끌어나가는 역할을 주로 했는데, 여기서도 오건은 결코 나서서 결론을 성급히 내거나 자기 주장을 내세우는 법이 없었다. 그만큼 '농민에 대한 겸손함이 몸에 배었고, 진심으로 농민을 존경

하는 마음이 우러나오는' 걸 느낄 수 있었다.

세상 살아가는 이치는 참으로 묘하다. 자신을 감추면 감출수록 더 값지고, 낮추면 낮출수록 더 높아진다. 사사로움을 버리고 자신을 비울수록 만인이 우러른다. 그런데 감춰야 한다, 낮춰야 한다, 비워야 한다는 의식이 남아 있어서는 또 그러한 결과를 얻을 수 없다. 순수한 마음을 가진 사람만이 그러할 수 있다. 자신을 드러내기를 속된 말로 '병적으로 싫어한' 오건이 변치 않고 기억되는 것은 그런 순수함 때문이다.

비록 몸은 떠나 지냈어도 그는 여전히 지역에서 필요한 자신의 역할을 놓지 않았다. 1985년에 무분별한 외국산 쇠고기 수입으로 생존위기에 내몰린 농민들의 소값 피해보상운동이 절정에 이른 8월에 부안군에서 궐기대회가 열렸는데, 이때 '부안군의 기세가 하늘을 찔렀다'고 할 정도로 주민들의 각오 수준은 드높았다.

그에 대한 탄압도 극렬하여 공무원들까지 동원하여 돌을 던지고, 경찰은 군홧발과 주먹으로 무자비하게 공격하여 수많은 농민들이 부상을 당했다. 심지어 임신한 여성을 마구 짓밟고, 농기계를 박살내며, 성당에 난입하여 성당과 성모상을 훼손하는 등 상상을 넘는 폭력이 미친 듯이 춤을 추었다. 부안은 가히 계엄령을 방불케 하는 상황에 빠졌다. 그 정도로 농민의 저항이 '농민운동사에 한 획을 그을' 만큼 치열했던 것이다. 오건은 이 소몰이 싸움에서 전체적인 투쟁 계획을 짜는 자리에 참여했다.

유기농의 실천, 그리고 죽음

오선은 부안을 떠난 지 삼 년여 만인 1986년에 십으로 돌아왔다. 그동안 농토와 집을 맡아 가꾼 사람이 지금 '한울공동체'의 정경식이다. 오건이 집을 비우고 전주로 나가는 동시에 그가 대신 농사 지었는데, 처음부터 본격적인 유기농법을 실시했다. 그는 그뒤로 이 지역에 유기농에 대한 사실적 믿음을 심어주고 이를 정착시키는 데 디딤돌이 되었다.

오건은 정경식과의 만남을 계기로 유기농을 적극적으로 시작하면서, '전북자연농법실천농민회'를 만들어 아마 생애 유일무이한 감투(?)라고 할 회장까지 맡았다. 총무는 정경식이 하기로 했다. 오건은 이 모임에서 발행한 첫 번째 회보에 자신이 본격적으로 유기농을 실천하게 된 연유를 밝혀놓았다. 어느 날 자신의 논에서 농약에 중독되어 죽은 개구리가 논물에 떠 있는 것을 보았는데, 문득 '나도 언젠가는 저 신세가 되겠구나' 하는 강렬한 느낌이 왔다는 것이다.

어디 농약에 죽은 생물이 개구리뿐이겠으며, 또 죽은 개구리를 본 게 한두 번이겠는가. 그러나 무심하게 지나치던 일상이 어느 순간 갑자기 다른 눈으로 보일 때가 있다. 그런 상황은 어떤 예사롭지 않은 조짐이기 십상이다. 생명의 가치에 대한 느낌이 강하게 다가오는 것은 당연히 죽음을 통해서일 것이다. 하지만 그 죽음이 자신과 동일시되기 전까지는 한갓 현상에 지나지 않을 뿐이지만, 일단 공명이 일어나게 되면 원초적인 생명에 대한 경외감에 사로잡히게 될 것이다.

이런 걸 감정이입이라 하든가. 그로부터 얼마 길지 않게 산 그에겐 이미 죽음의 그림자가 기웃거리고 있었는지도 모르겠다. 그게 아니면 흙과 하나되고자 했던 그의 예민한 감수성이 성숙했음을 알리는 증거라고 해야 할지 모르겠다.

감정이입이든 깨달음이라 하든, 아무튼 오건에게 이 사건이 농민운동과 유기농의 실천, 이 양자를 하나로 조화시키는 계기가 된 것은 분명하다.

애초에 이 지역에서 유기농의 실천은 비교적 일찍 시작된 편이지만, 처음에는 정경식이라는 개인에 한정되었을 뿐이고, 이렇게 조직적 모임이 활발해지고 정착하기까지는 몇 년이라는 시간이 걸린 셈이다. 그것은 무엇보다 암울해가는 사회 상황과 맞물려 농민을 벼랑으로 내모는 절박한 구조적 문제를 해결하는 운동이 앞서야 했기 때문이다. 어디 벽촌이라고 해서 시대가 몰고 온 사나운 격랑이 비켜갔으랴. 팍팍한 현실에 묶인 농민에게 유기농은 먼 이야기로 들릴 뿐이었다. 도농연대와 생태운동의 폭이 훨씬 넓어진 오늘날에도 유기농 운동은 소수에 불과한데, 당시에야 훨씬 더 받아들이기 어려운 과제였을 것이다. 그러기에 아직 유기농에 대한 주장은 선언적이며, 예언자적인 깨달음 이상이 되기 힘들었을 것이다.

따라서 여건이 성숙하지 않았던 이 단계에서 유기농으로 전환하는 문제를 농민의 의식과 가치관과 같은 정신적 차원으로 환원시켜서 풀어나가려는 방식은 관념적일 수밖에 없을 것이다. 거기서 나오는 대안은 교육이나 계몽과 같은 안일한 방식에 그치고 말기 때문이다. 오건이 '유기농에 대한 당위성이나 필요성을 충분히 느끼고 있었다' 해도, 그것을 '지금 여기'의 실천 과제로 삼을 수 없었던 이유가 이에 있었다 할 것이다.

그러나 오건이 유기농을 전면적으로 실천하기 전이라고 해서 관행농을 무비판적으로 답습한 것은 아니었다. 농약 한 병, 비료 한 포를 써도 적재적소에 적량을 효율적으로 씀으로써 그로부터 오는 피해의 가능성을 최소화한 것이다. 또 이미 70년대에 가톨릭농민회가 보급에 나선 유기농법 — 그땐 유기농이라 하지 않고 '효소농법'이라 불렀다 — 교육을 받고 실제로 실험해보기도 했다.

이러한 정황을 종합적으로 바라볼 때, 오건은 관행농을 했을 때나 유기농을 했을 때나 농사에 대한 기본 심성은 다르지 않았다는 생각이 든다. 따라서 오늘의 눈으로 그 당시를 보거나 잣대를 들이대서는 곤란할 것 같다. 당시에 그 둘 사이의 차이를 따지는 건 별다른 의미가 없는 것이다.

여러 조건이 잘 맞아떨어져서 마침내 일이 성사되기 직전을 '때가 무르익었다'고 한다. 인간의 노력말고도 보이지 않는 힘을 고려하는 지혜가 들어 있는 말이다. 이런 숨은 뜻으로 본다면, 오건이 본격적인 유기농 생활로 접어든 1987년은 유기농 운동이 움틀 때가 무르익은 해일 것이다. 이 즈음에 좀더 많은 사람들 사이에 유기농에 대한 공감이 생기기 시작했기 때문이다. 한편에서는 지역을 구심으로 하는 순수 농민회가 전국적 조직으로 성장하고, 다른 한쪽에서는 생명공동체 운동을 근본 운동 방향으로 삼자는 목소리가 나오기 시작한다. 때마침 농산물 도농직거래 운동(도농공동체 운동)의 효시라 할 한살림 운동도 태동함으로써 유기농 운동은 조직적인 힘을 모을 수 있게 된다. 하여, 유기농 운동을 벌일 수 있는 사회적 조건이 무르익은 때였다.

오건과 정경식의 만남은 지역의 농민운동가와 일찍이 준비된 유기농 운동가가 하나되는 상징적 의미를 띤다. 이는 사회 구조의 악을 제거하는 문제와 자연 생명의 선을 추구하는 문제가 서로 다르지 않으며, 상호 보완적이어야 한다는 통합적 사고를 현실적으로 보여준 사례라는 점에서 그러하다.

안타깝게도 이 새로운 움직임이 의미 있는 결실을 맺기도 전에 오건은 숨을 거둔다. 간경화! 형인 판화가 오윤을 앗아간 병마가 그마저 덮치고 말았다. 몸에 이상이 오는 조짐을 알아차렸을 때는 이미 손대기 힘들 정도로 악화되어 있는 병이다. 그는 누님을 비롯한 주위 사람들의 헌신적인 간호와 포도 단식으로 한때 완연한 회복에 이르렀다. 그러나 '잘 먹고 잘 쉬어야 하는 병'이 자신을 붙잡고 있는 게 지치고 답답하게 만들었을까. 어느 날 아내가 혼자 힘겹게 일하는 걸 물끄러미 바라보던 오건은 "내가 아프다 죽냐, 차라리 일하다 죽지" 하며 나섰다. 중증의 병임에도 땅을 묵히는 건 용납할 수 없는 부도덕으로 여겼다.

얼마 뒤 다시 병이 도졌을 때는 걷잡을 수 없이 빠르게 몸을 파고들었다. 마지막 투병에 들어갔을 때는 이미 세상에 둔 미련을 거둔 것 같았다. 누님에게 "내 인생에 남은 건 저 나무밖에 없어" 했다. 1990년, 마흔세 해를 끝으로 끝내 숨을 놓았다. 그를 사랑한 마을 사람들, 피붙이보다 더한 정을 나눈 벗들이 복받쳐 울부짖는 가운데 그가 첫 삽을 뜨고 벽돌을 찍어 올린 자기 터에서 잠들었다.

벗들은 땅을 치며 관을 치며 가슴 치며 울었다. 배진은 그 뒤로 오랫동안 차를 타고 가다가도 문득 그를 떠올리면 눈물을 주체할 수 없는 적이 많았다. "내가 복이 많아서 그를 만났는가, 복이 없어 그를 일찍 떠나보냈는가" 하며 뜨거운 눈물을 쏟았다.

● 큰동서가 혼수품으로 사준 리어카 오건은 이 리어카 하나로 황무지 농장을 옥토로 개간했다.
  오건은 가고, 주인없는 리어카만 역사의 산 증인인 양 숲속을 지키고 있다.

정신의 뿌리

"서해안 바람은 / 버스도 몇 번 들어오지 않는 이 외딴 동네
에 / 이름도 알 수 없는 수많은 자가용을 불러오고 / ……
외상술을 먹고 / 애꿎은 담을 걷어차고 짐승처럼 소릴 지르
며 / 충혈된 눈으로 / 밤새 잠을 이루지 못했다 / 함께 일을
해보자던 동네 청년들은 / 설을 쇠자 썰물처럼 동네를 빠져
나가고 / ……바구니 속 감자싹은 시들어가고 / 외딴 조각
밭에 잡초만 무성하고 / 나는 이제 밭에 가기 싫어졌다"
(서해안 바람2, 박형진 시집, 『바구니 속 감자싹은 시들어가고』 중에서)

90년대 들어 이른바 서해안 개발이 몰고 온 파괴의 바람에
변산의 토박이 시인은 분노와 절망을 토해냈다. 맑고 깨끗한
풍광이 시나브로 사그라져갔다. 지금도 새만금 간척 사업이
드리운 어둔 그림자가 서성거리는 드넓은 갯벌엔, 이곳을 지
키려는 이들의 간절한 마음을 새긴 수십 개 장승들이 위태롭
게 서 있다.

그러나 이 우울한 풍경의 한가운데에도 오건이 뿌린 씨앗
은 의연히 자라고 있다.

　지난 십여 년 동안 이곳은 강한 농민운동의 전통을 간직한 곳일 뿐만 아니라, 생태적 유기농 운동의 활력이 넘치는 곳으로 조명을 받고 있다. 그토록 뜨거웠던 농협민주화투쟁, 소몰이 싸움의 핵심에 자리했던 변산농민회는 '한울공동체'로 그 정신을 이어가고 있다. 이 한울공동체는 생태적 유기농의 골간인 도농연대를 모범적으로 실천하는 것으로 널리 알려져 있다. 한편 윤구병 교수가 생태마을 공동체의 구상을 실험하고 있는 곳이기도 하다. 변산은 이렇게 활발한 지역운동 덕분에 생명운동을 실천하는 많은 사람들이 마치 순례지처럼 여기고 찾아오는 곳이 되었다.

　그것은 오건 시절을 함께 한 벗들이 지금도 떠나지 않고 그의 곁에 있기에 가능한 일일 것이다. 토박이 시인 박형진이 지은 '우리들 가슴속에 영원히 남을 농민 오건 여기서 잠들다'라는 묘비명은 단지 고인에게 바친 조사에 그치지 않는다. 이 묘비명에 담긴 뜻을 자꾸 새겨볼수록 오늘의 변산 지역운동은 결코 우연히 이루어진 게 아니란 확신이 선다.

　여기 진실의 힘이 얼마나 큰 것인지 웅변적으로 보여준 사례가 있다. 바로 변산농협 조합장 선거다. 그런데 선거에 이긴 성과 자체보다 그 과정에서 더욱 소중한 것을 확인하고 얻은 이야기다.

배진은 변산에서 비록 대대로 살아왔다고는 하나 가장 끝머리 띠목마을에서 나고 자란지라, 학연도 지연도 없어 누가 봐도 '안 되는 선거'였다. 시골 향리라 해도 대대로 물려받은 기득권을 가진 세력의 위세는 만만치 않고, 기성 정치꾼들의 입김도 무시할 수 없는 힘을 미치는 게 현실이다.

그는 선거가 있기 일 년 반 전부터 주민들을 접촉했다. 저녁에 찾아가서 이야기를 듣다 보면 날이 밝아올 때도 많았다. 짧게는 두 시간에서 대여섯 시간이 지나도록 진하게 만났다. 선거 얘기를 꺼낼 것도 없이 상대방 이야기를 듣기만 했다. 일단 말문이 열리면 맺히고 쌓인 온갖 설움이 하염없이 터져 나오고, 그냥 함께 껴안고 울 뿐이었다. 이렇게 만난 사람이 칠백여 명이다. 고작 농민회 사람 대여섯 명이 '얼굴은 까맣게 타고 눈빛 하나만은 번뜩이는' 열정으로 선거를 치렀다. 결국 배진은 '대통령 선거는 저리 가라 할 정도로 대단한 선거'에서 승리했다. 오건이 변산에 뿌리를 내린 지 이십여 년 만의 일이다. 오건과 함께 했던 투쟁 정신, 삶의 정신이 밑거름 되어서 이길 수 있었다.

선거 기간, 단 며칠 동안 칠 킬로그램이 빠질 정도로 온 힘을 쏟아부었던 백연 씨는 이렇게 회고한다. "많은 것이 변화한 상황에서 이에 맞게 다시 일을 해야 한다, 누군가는 밀알이 되어야 한다고 믿었다. 누가 조합장이 되느냐가 중요한 것이 아니라, 모두 함께 조합장이 되는 것이라는 정신으로 나섰다. 오건과 함께 하나되었던 그 정신을 변치 않고 지켜나가는 진정어린 마음으로 조합장을 만들어야겠다는 각오를 다졌다. 오직 단 하나, 진실의 힘만을 믿고 뛰어들었다."

세월이 흘러도 그와 함께 한 이들의 정신은 여전히 오건과 잇닿아 있다.

삼십 년을 살아도 나고 자라지 않았으면 객지인데가 농촌이라는 곳이다. 고향은 뿌리를 묻어둔 곳이기에 죽어서도 돌아가고픈 영원한 마력을 품은 것일지 모른다. 하지만 오건은 이곳에서 나지는 않았지만, 죽어서 제 고향으로 돌아가지 않고 이곳에 묻혔다. 정신의 뿌리를 내린 것이다.

글을 마치며

'죽어서 지도자가 된 사람, 오건.' 그의 삶을 더듬어 나오면서 마지막에 든 생각이다. 살아서는 끊임없이 자기를 죽임으로써, 토착 농민의 삶으로 녹아들어 가고자 했던 삶이 빚어낸 결과다. 지역민과 함께 행동하고 그들의 자발성에 무한한 신뢰를 보냈기에, 오건은 '지금 여기' 의연히 사람들의 가슴을 흔들고 있다. "세월이 지나고 상황이 바뀌어도 진실은 영원하다"는 믿음의 화신으로 벗들의 가슴에 박혀 있다.

세상에는 명성과 지지를 얻은 뒤에 함께 한 사람들을 떠난 이들이 얼마나 많은가. 주위에서 받는 박수갈채에 도취해 자신의 생애에서 가장 빛나는 순간에 추락해버린 이들은 또 얼마인가. 진실을 저버릴 위험으로 빠뜨리는 가장 무서운 적은 자기 내부에 있음을 수없이 목격하고 있는 것이다. 그런 점에서 그는 바깥 세상에 앞서 내면의 세계를 추구한 사람이다. 바깥만을 바라보는 사람은 분노를 키우기 십상이나, 자기 내면을 직시하는 사람은 고통을 키운다. 분노하기는 쉽지만, 고통을 받아들이기란 어려운 일이다. 하지만 이 고통의 끝에는 진실을 대할 것이다.

오건을 다른 무엇보다도 '자기 성찰에 치열했던 사람'이라고 말하고 싶다. 그가 가장 치열하게 대결했던 건 바로 자기 자신이었다는 생각 때문이다. 알면 알수록 그가 행한 어떠한 '특정한 역할'에 초점을 맞추어서는 그의 삶 전체를 볼 수 없다는 생각이 드는 것이다.

소략한 취재기일망정, 한 인간의 삶을 그리기란 어려운 일인 것 같다. 기록되지 않고, 보이지 않는 정신적 가치를 온전히 드러내기란 더욱 그렇다. '삶과 글의 거리'가 여기선 한참 더 먼 것이 아닌가 걱정된다. 삶이 경박한 필지의 한계일 것이다.

다만 "우리 가슴속에 묻어둔 오건의 진실을 어떻게 전달한단 말인가?" 하면서도, 고인과 함께 한 소중한 기억들을 내어준 벗들의 걱정을 조금만이라도 덜었으면 하는 바람이다.

● 세상을 뜨기 직전의 모습

● 7년 동안 꽁보리밥만 먹다
"여보 우리 쌀밥 좀 먹어보자"는 아내
부탁에 처음으로 흰 쌀밥을 먹을 요량
으로 처음으로 논을 만들었다.

● 환한 미소에 아내를 사랑하는
마음이 가득하다.

● 오건의 농장전경

3. 1 ~ 3. 4   이사. 집정리. 면·군·동리 인사.

3. 5 :   집터 정지 작업 개시.   면 협동조합 방문.
            산업 계장 면담 및 묘목에 관한 상담.

3. 6.   종일 토록 내린 비로 인해 작업부진
            정지작업 계속. 뒷산 소나무 가지치기. 지게 수리.
            각석 (角石) 채집.

3. 7.   오전중 맑아짐.
            각석 채집.   집터 및 농장 배수로 작업 시작.
            아버님 서울로 떠나셨음.

3. 8   맑음.
            온종일 각석운반. 생각보다 힘들고 고됨.
            저수지에서 각석채집 하여 조합장 이하
            동리민에게 주의 받았으며   이곳에 온지 몇월
            되지않아 그들의 입에 오르내리는 것과
            동리민의 눈초리가 무척이나 두려움.

3. 9.   종일토록 비가 내렸고   하여 작업부진
            배수로 작업 계속. 흥곤 집에 다녀왔음.

3. 10.   맑게 개임. 면장님 다녀갔으며 비료사정 토로
            종일 배수로작업 계속   오후 4시 까지 완료

3. 11.   갑자기 기온이 떨어지고 바람이 거세어짐.
            흥곤 각석운반. 리야카 상자 완성시킴.

3. 12   강풍에 눈보라.
            각석운반작업 . 영농계획서 작성. 퇴비구입건
            때문에 부락에 다녀옴

● 오건의 일기. 그의 세심하고도 꼼꼼한 성격이 올올이 배어 있다.

■ **오건의 연보**

1948년 부산에서 나다
1967년 동국대 농과대학 원예학과 입학
1974년 결혼과 동시에 변산으로 귀농하다
1983년 전주의 기독교 농촌개발원으로 가다
1986년 집으로 다시 돌아오다
1990년 눈을 감다

■ **도움말을 주신 분**

이준희(54): 오건 선생의 부인. 소중히 간직한 고인의 일기와
　　　　　　사진을 내어주셨다.
오숙희(60): 누님 책 내는 데 흔쾌히 동의하시고,
　　　　　　격려를 아끼지 않으셨다.
박배진(55): 고인의 둘도 없는 친구. 현 변산농협 조합장.
이백연(45): 가장 아낀 후배, 양심적인 농부로서 살고 있다.
정경식(43): 변산의 유기농업을 이끄는데 주도적인 역할을 하였다.
김미숙(43): 전주 기독교 농촌개발원 시절 동료.
　　　　　　최근까지 「농어민신문」 기자로 일했음.

생태적 삶을 위한 귀농총서

(사단법인)전국귀농운동본부에서는 귀농운동에 더욱 많은 사람들이 참여할 수 있도록 하기 위해 도서출판 들녘과 출판사업을 벌이고 있습니다. '생태적인 삶, 자립적인 삶, 더불어 사는 삶'이라는 귀농운동의 방향에 맞추어 여러 가지 생태농법을 소개하는 책을 비롯해, '자립적인 농촌의 삶'을 위한 실용서들을 펴낼 예정입니다.

1 **생태농업을 위한 길잡이**(전국귀농운동본부 엮음) 변형국판/384면

2 **신비한 밭에 서서**(가와구치 요시카즈 지음 · 최성현 옮김) 변형국판/356면

3 **자연을 꿈꾸는 뒷간**(이동범 지음) 변형국판/232면/본문 컬러

4 **제초제를 쓰지 않는 벼농사**(민간벼농사연구소 엮음 · 김광은 옮김)변형국판/260면

5 **내 손으로 하는 천연염색**(정옥기 지음) 변형국판/184면/본문 컬러

6 **새 한입, 벌레 한입, 사람 한입**(전국귀농운동본부 엮음) 변형국판/288면

근간

『무명낳이를 찾아서』(남연정, 전국귀농운동본부 편집위원)

『햄, 소시지 만드는 돼지 육가공』(김준권, 정농회 부회장)

『도시인을 위한 텃밭 가꾸기』(전국귀농운동본부 엮음)

『퍼머컬처(Permaculture)』(퍼머컬처 연구소 지음, 임경수 옮김)

『생명의 벼농사』(강대인, 정농회 부회장)